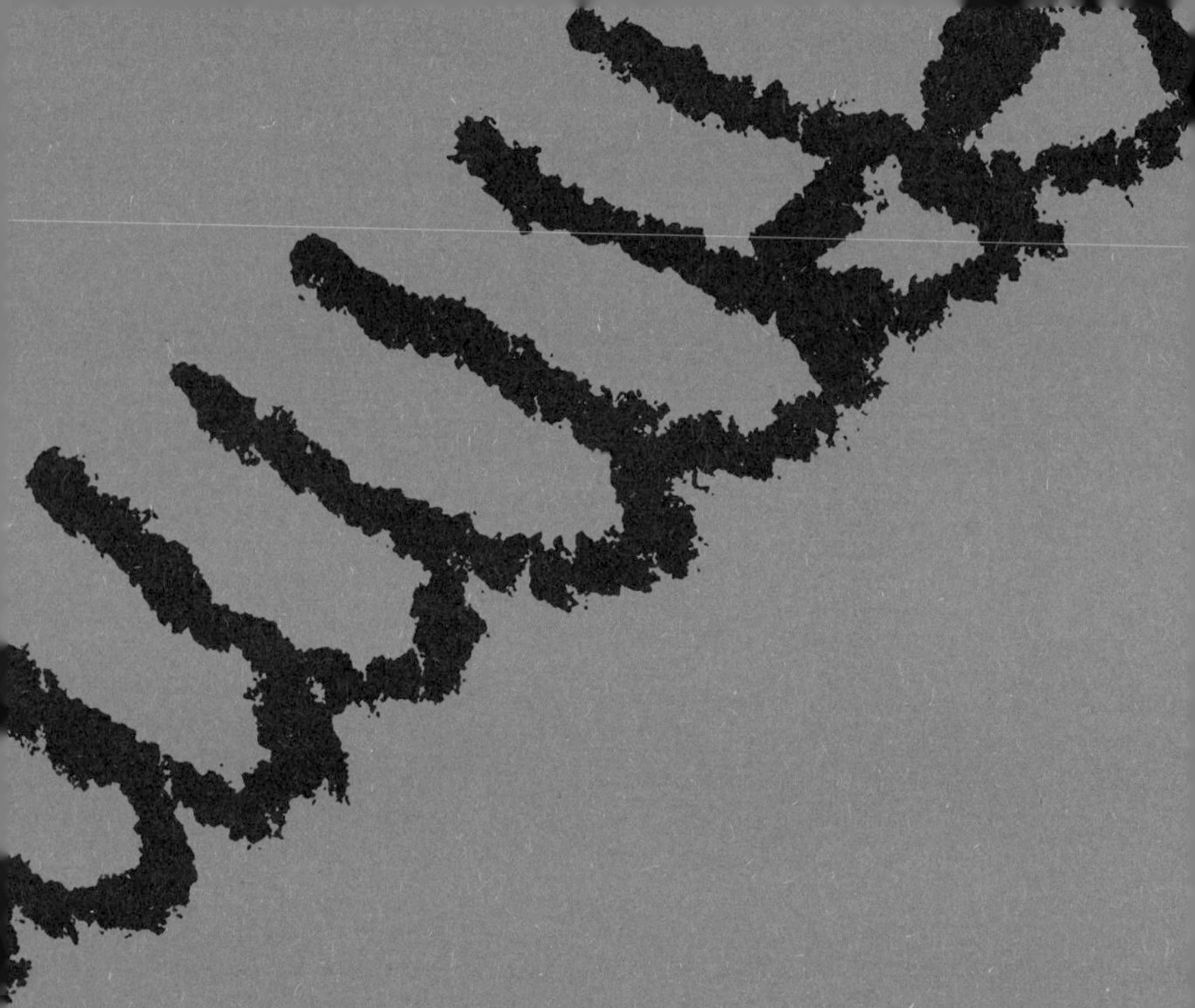

October, October

わたしの名前は
オクトーバー

カチャ・ベーレン 作
Katya Balen
こだまともこ 訳
Tomoko Kodama

評論社

October, October

by Katya Balen

装画　祖敷大輔
装幀　水野哲也（watermark）

わたしの名前はオクトーバー

ルビー・ランバート、
この本をあなたへ

父さんとわたしが森のはしでフクロウを見つけたのは、嵐《あらし》のつぎの日の朝。突風《とっぷう》に吹《ふ》きさらされ、翼《つばさ》を広げたまま凍《こお》りつき、丸い目をガラス玉のように見開いている。指先で羽毛にちょっとさわって、びっくりした。フクロウは、とっくに地球の外のどこかにいってしまったのに、羽毛はまだ生きているみたい。父さんはもう、雨でしめった地面に穴《あな》を掘《ほ》りはじめている。

すくいあげてみると、両手にいっぱいになるくらい大きいのに、芯《しん》が空っぽの骨《ほね》しかのこっていないみたいで、かちかちに凍った羽毛をはらいおとして飛んでいったのかも、なんて思ってしまう。木の間《こま》を縫《ぬ》うように飛んでいくフクロウを見ることがある。そっと夜の歌をうたいかわすのも聞くことがあって、美しく、闇《やみ》につつみこまれた秘密《ひみつ》みたいな鳥だ。そんな鳥を地面の穴に入れちゃっていいのかな。そういうと、父さんが**これは生命の循環《じゅんかん》というもので、このフクロウはこれから自然の一部になっていくんだよ**という。くさって骨だけになり、自分の肉で土を肥《こ》やし、羽毛で植物の根を育てるんだって。どんなふうにそうなるのか、見てみたい。前にキツネの骸骨《がいこつ》を見つけたときは、輪のようになった骨《ほね》と毛だけがのこっていた。つるんとした頭蓋骨とハープみたいな肋骨《ろっこつ》が、真っ白で美しかったっけ。

父さんは、スコップで最後の土を掘《ほ》りあげてから木の根もとにすわり、煙《けむり》のような吐《は》く息につつまれている。わたしはフクロウを穴《あな》に入れて土をかけ、お墓《はか》がわかるように、すべすべした石をひとつ上に置く。

フクロウを埋《う》めたあと、ふたりで森じゅうを歩きまわって、風と雨のせいでいちばんひどい目にあったところをかたづけ、稲妻《いなずま》の小さい舌《した》になめられたオークの木の世話をする。おじいさんのオークの木は、枝《えだ》を巨大《きょだい》なイカの足のように広げている。この前の嵐《あらし》ほど被害《ひがい》は大きくないし、嵐のおかげで森がそうじされ、なにもかも新しく、すがすがしくなった感じだ。わたしはタカみたいにすばやく、あちこち目を走らせ、雨が熊手《くまで》でひっかいてくれた地面から、いつもみたいに宝物《たからもの》を見つけた。陶器《とうき》のかけら、ローマ時代のものかもしれないコイン。宝石《ほうせき》のような、つるつるした青緑のガラス。ポケットに入れると、宝物がぶつかりあって物語を語りだしたけど、話を聞くのはあとにしよう。それから、掃《は》いたり、枝にはさみを入れたり、地面を熊手でひっかいたり、落ちた枝を引っぱったりしたら、折れかけた枝や裂《さ》けた幹《みき》がかたづいて、荒《あ》れほうだいだった森のはしがちょっとだけきれいになった。

父さんを手伝って、落ちた枝のなかでいちばんよさそうなのを四輪バイクにつけたトレーラーに積みこむ。あとで短く切ってストーブで燃《も》やせるし、たき火にも使えるかも。それから切った枝を薪小屋《たきごや》にいれるために、泥道《どろみち》を走ってうちにもどる。薪運びはすきなんてとてもいえない仕事で、腕《うで》の筋肉《きんにく》はいたくなるし、トレーラーから何度も積みおろしたって枝の山はちっとも小さくならない。でも、ポケットの宝物にかくれている物語のことを思うと、もうはじまりと真ん中と終わりが頭のなかで縫《ぬ》いあわされはじめ、筋肉がひとりでに動く。荷台の上に手をのばし、またのばしているうちに、やっと両手になんにもふれなくなり、トレーラーは空になった。それから、荷台をはずした四輪バイクに父さんと乗って、最後の点検をするために森じゅうをまわる。

父さんがバイクを運転させてくれたけど、足がギアにとどかないので、後ろにすわった父さんが代わりにやってくれた。森のなかをぐるりとまわってから、さっきフクロウを埋めたところにもどる。

さあ、ちょっとスピードを落とせといわれたけど、もうじゅうぶんにスピードを落としていたから完璧《かんぺき》に止めることができ、父さんが四輪バイクの後ろからおりた。それから父さんは、びっしり茂《しげ》っているスゲの草むらをかきわけて、かがみこんでいる。**ちょっと見てごらん**。父さんにいわれてバイクを飛びおり、草むらの奥《おく》の暗闇《くらやみ》をのぞきこんだ。父さんも、土から出てきた宝物《たからもの》を見つけたのかも。

フクロウ。ふわふわの羽毛につつまれた、ちっちゃな赤ちゃんフクロウだ。

顔に真っ白なハート型《がた》が、うっすらと見えはじめている。大きく見開いた目。ほんとにちっぽけなくちばし。ぷくっとふくらんで、いまにもこわれそうな胸《むね》。頭から、たたんだ翼《つばさ》の先まで生えた、やわらかい羽毛がふるえている。

父さんは、のばそうとしたわたしの手をそっとつかむと、首を横にふった。**このままにしておかなきゃいけないよ。親鳥がもどってくるかもしれないし、こんなチビすけをうちに連れてかえったって……。**

父さんの声のしっぽが、すーっと消えていく。父さんの口から出なかった「……」をつかんで、暮《く》れかけている空にほうりなげたい。ちっちゃなフクロウを、ひとりぼっちで、ちぎれた葉っぱのなかに置きざりにするなんてできっこないよ。

父さんが、四輪バイクをかたづけてくるから、うちに入って温かい飲み物を作って部屋を暖《あたた》めておきなさいといった。それから外に出て、夕食の用意をしよう、と。

うちに入って、ストーブの上にやかんを置いてから、お気に入りの椅子《いす》にすわる。クッションはぺしゃんこで、つぎはぎだらけで、まるで百年前のものみたい。いっぽうのはしから、また嵐《あらし》の前の雲みたいに詰《つ》め物《もの》がはみだしている。

椅子に落ち着いてから、埋《う》めた鳥が、持ったとき空気みたいに軽かった空っぽの骨《ほね》をのこして、すっかり消えてしまうのにどれくらいかかるか本で調べたら、どの本も六か月といっていた。つまり三月になったら、あのフクロウは、わたしの足もとの暗闇《くらやみ》で、雪みたいに真っ白な骨になっているってことだ。そのころ、赤ちゃんフクロウがどこにいるのかは考えないことにしたけど、指の関節が白くなるくらいぎゅっと手を組んで、もう片方《かたほう》の親がもどってきますようにと願った。

フクロウが、イエネズミや、ハタネズミや、トガリネズミをどんなふうに食べるかも調べてみる。まるごと食べてから、消化できなかったものを、ペリットという小さなかたまりにして吐《は》きだすんだって。フクロウに食べられたものの皮膚《ひふ》や骨や毛を見ることができるってわけ。それから、ひな鳥は最初に口もとに食べ物を運んでくれたものを、親だと思いこんでしまうと書いてある。ネズミを持ってきてくれたのが、指人形でも。

本を読んでから、汗《あせ》にぬれた髪《かみ》を台所の流しで洗《あら》った。頭をぶんぶんふると、真珠《しんじゅ》みたいに飛びちった水滴《すいてき》が空気のなかではじける。

父さんとわたしは森に住んでいる。わたしたちは野生だ。

今夜は、星がちりばめられた夜空に向かって、ふたりで遠吠《とおぼ》えすることになっている。ふたりの声を空に投げあげ、形づくり、かきまぜて、粘土《ねんど》みたいにこねあげる。わたしたちは、どこまでも声をのばすことができ、ふたりの声はいちばん高い木のてっぺんから秘密《ひみつ》でいっぱいの地下までとどき、やぶのなかでからみあったり、池の表面すれすれに飛んでいったりする。この世界はわたしたちのもので、わたしたちしかいないから。

父さんとわたしのふたりだけ。

ビー玉くらい小さい世界のポケットにいる、ひと組の人間。わたしたちはちっちゃくて、わたしたちはすべてで、わたしたちは野生だ。

わたしたちは、森で暮《く》らしている。

わたしたちは森に暮らしていて、わたしたちは野生だ。

わたしたちのうちは森のなかにあって、まわりにある木でできている。切って、かんなをかけて、つるつるにしてから建てたから、ごつごつした枝《えだ》と同じには見えないけど、そんな木のなかで暮らすのが、わたしはすき。森のなかに隠《かく》れていて、思いっきりみんなから忘《わす》れられているから、父さんとわたしが秘密になったみたいな気がする。わたしたちがここにいるのは、村のひとたちに知られているけれど。一年に一度ぐらい村にいって、森で育てられない食べ物や、自分では作れない服を買わなきゃいけないから。けど、作れるのはソックスくらいで、それもわたしはうまく編《あ》めなくて、父さんはストーブに目をやりながら編《あ》み針《ばり》をカチカチ動かして毛糸玉を足の形にしていくけど、わたしはすぐにもつれさせてしまう。こうして次の一年に必要なものを買ったあとは、また森のなかにもぐりこみ、村のひとたちはわたしたちを忘れてしまう。

木の家は、わたしが生まれる前に父さんが建てた。でも、わたしはこの家で生まれたわけじゃない。もうすぐ生まれるというときに、母親とかいうひとは**もうだめよ**といって急いで病院に連れていかれ、白くて、まぶしくて、木がない空っぽの廊下《ろうか》を運ばれていった。そのひとは、そのときなんにも思いださなかった。だけどあとになって、しっかり思いだした。電子レンジとかインターネットとか、服を煙《けむり》っぽくていい匂《にお》いにするストーブの炎《ほのお》じゃなく、ボタンをひとつ押《お》せばいい暖房器具《だんぼうきぐ》とかを。そういうものを思いだしたそのひとは、赤ちゃんを病院の壁《かべ》やシーツやまくらとおなじに真っ白な毛布《もうふ》にくるんでから父さんにいった。**わたし、森にはもどれないわ。**

しばらくのあいだ、そのひとは森にいた。だけど、いつも森のまわりの世界にふわふわと舞《ま》っていき、わたしが四歳《さい》のときに出ていった。頭のなかには、その日の記憶《きおく》がのこってると思うけど、記憶《きおく》って両手ですくう水みたいで、しっかり取っておこうと思っても、目の前で指のあいだからこぼれていってしまう。だれか女のひとが、さっとわたしの手をにぎろうとすると、走ってきたもうひとりに大波のように体ごと引っぱられ、足が宙《ちゅう》に浮《う》く。泣き声が聞こえ、わたしが空につきささる悲鳴をあげたせいで小鳥たちが逃《に》げていったのはおぼえている。

わたしは、そのひとと森を出ていこうとはしなかった。ぜったいに森から離《はな》れなかった。

いま、そのひとを思いだそうとしても、記憶からすっぱり切りおとされていて、のこっているのは、そのひとがいなきゃいけない場所にある人間の形の黒い影《かげ》だけ。ときどきはそこにいるけど、すぐに輪郭《りんかく》がぼやけてうずをまく煙《けむり》になり、あとにはなんにものこらない。わたしは、野生の暮《く》らしから去っていったからそのひとを憎《にく》み、父さんとわたしを置いていったから憎み、世界でいちばん完璧《かんぺき》な小さなポケットから出ていったから憎んでいる。

しょっちゅう手紙はくれるけど、読んだことは一度もない。どうして父さんは、広い世界に通じる小道と森のさかいにある木の郵便受《ゆうびんう》けから、わざわざ手紙を取ってくるのかな。なにかを郵便で送ってくるのは、そのひとだけなのに。前に一度、父さんが手紙の封《ふう》を切って、わたしが読むように台所のテーブルに置いていったけど、わたしはくしゃくしゃに丸めて、火のなかで灰《はい》に変わり、インクで書いた文字が薪《たきぎ》の燃《も》えかすのなかに消えていくのを見ていた。五歳《さい》になったとき、そのひとが森に来たから、わたしは木に登って隠《かく》れ、父さんが登ってきて、なんとかなだめておりさせようとしたけれど、夜になるまでそこにいた。そのひとは七歳のときも同じことをして、九歳のときもやってきて、わたしはそのたびに木に登り、枝《えだ》のあいだの隠れ家から出ていかなかった。父さんは、そんなに遠くに住んでいないから、会って、どんなところに住んでいるか見たり、しゃべったりして、もう一度そのひとの娘《むすめ》にならなきゃいけないというけど、それを聞くたびに、わたしが宝探《たからさが》しをやめて木のてっぺんに登るから、このごろはあまりいわなくなった。この森からは、なにもかもずっと遠くにある。だからこそ、わたしはここにずっといたい。

前に、ドイツ語の言葉をひとつ読んだことがある。ドイツのひとたちって、すっごく奇妙《きみょう》な、魔法《まほう》みたいな言葉を持っていて、たったひとつの言葉のなかに、百万もの気持ちがうずまいている。だれかが悲しいのに自分は幸せっていう言葉とか、いまいるのと別のところにいきたくてたまらないって言葉とか。わたしは、村にいったときだけ、そんな気分になる。なかでもすきなのは、**森の孤独《こどく》**という意味の言葉で、森のなかにひとりぼっちでいるときの、おだやかで、幸せで、なにかに守られている感じのこと。けれど、母親とかいうひとは、そんな気持ちなんかほしくなかった。わたしを学校にいかせ、どこか遠いところで自分と週末を過《す》ごさせたいと思っていた。でも、そしたらわたしは野生でも自由でもなくなって、木に登ったり、宝探しをしたり、火のそばでお話を語ったりできなくなるんだよ？

あのひとは、いらない。
あのひとは、わたしたちみたいに野生じゃない。

遠吠《とおぼ》えを終えて、父さんと夜のなかにふうっと息を吐《は》くと、その息がミルクみたいに闇《やみ》に溶《と》けていった。それから、小枝《こえだ》やかわききっている落ち葉や、さっと緑の刷毛《はけ》を走らせたように木の株《かぶ》にしずんでいる苔《こけ》を集めてたき火をする。父さんがポケットから出したジャガイモを、ふたりで火に押《お》しこみ、そのうちにジャガイモがパチパチ歌いだす。焼きあがったのを木の枝でつきさしてたき火から出すと、とってもおいしそうな匂《にお》いなので、すぐにかぶりつきたくなった。でも、だめ。前にそうしたら、たちまち火の味がして、赤くただれた口のなかに氷のかけらを転がして何時間も冷やさなきゃいけなかった。枝にさしたジャガイモをフウフウ吹《ふ》いていると、いつもみたいに父さんが、こずえのあいだからのぞきこんでいる星座《せいざ》を教えてくれる。もう、自分で全部見つけられるのに。**三つの星のベルトをしめた、オリオン座の狩人《かりゅうど》。大熊座《おおぐまざ》と小熊座の二頭の熊。ダイヤモンドの歯を持つ狼座《おおかみざ》。**野生でいっぱいの夜空。

たき火が消えて小さな家にもどりかけると、冷たい空気で髪《かみ》の毛《け》の先が凍《こお》っている。手でさわると、しゃりしゃりしていて、ぎざぎざの星みたいだ。池のそばをぶらぶら通ったら、もうびっしりと氷が張《は》っている。父さん、今年はスケートをさせてくれるかな。父さんがわたしぐらいのときにはいていた、茶色い編《あ》み上《あ》げのスケート靴《ぐつ》をはいて。父さんはいつも、すっごくあぶないからだめだとか、ガラスみたいにつるつるの氷が割《わ》れて水の底にしずみ、氷の下に閉《と》じこめられてしまうぞとかいう。本のなかの女の子みたいに、氷の上をすいすいすべってみたいだけなのに。ちょっとだけ、空を飛んでるような気がするだろうな。

うちのなかも寒い。外と同じように吐《は》く息が見えるくらいだけど、今夜はもうストーブの火はたかない。父さんは、明日の朝のために薪《たきぎ》を積みあげてから、ストーブのおなかに入っている灰色《はいいろ》の燃《も》えかすをつついて最後の熱をかきだす。それから、わたしの頭に手を置き、わたしは父さんにもたれて胸《むね》の鼓動《こどう》に耳をすます。わたしは小さくて、温かくて、父さんに守られている。寝室《しんしつ》にいく方向がわかるように、父さんはいっしゅんだけパチッと明かりをつけてくれた。そんなの、真《ま》っ暗闇《くらやみ》だってわかるのに。ろうそくを持っていくこともある。どっちへいくかわかっているし電灯《でんとう》もあるけど、電気のない時代に暮《く》らしていた、本のなかの子どもたちみたいな気分になりたいから。

わたしの部屋はせまくて、天井《てんじょう》が床《ゆか》までななめになっているけど、そのせいで、いごこちがよくてだいすき。ベッドのわきには棚《たな》があって、空中に浮《う》かびそうなくらい軽い木彫《きぼ》りのキツネと、きらきら光るガラスやプラスチックや金属《きんぞく》のかけらが入ったガラスびんがひとつ置いてあり、ふたつとも父さんからのプレゼント……だと思う。両側の壁《かべ》は、どっちも本棚《ほんだな》になっていて、わたしは背表紙《せびょうし》の色を虹《にじ》と同じ順番でならべている。本を捨《す》てたことは一度もなくて、あてずっぽうに取りだしては読みかえし、物語のすじや、最初に読んだとき感じたことや、起こったことを思いだす。

ベッドの上にかけたパッチワークのキルトは、小さいころに着ていたワンピースやシャツや上着やズボンを三角形に切って縫《ぬ》いあわせたもの。三角形がつながって前とちがう新しいものになり、縫いあわされた昔の物語がわたしをすっぽりつつんでくれるから、このキルトもだいすき。夜になると、わたしはキルトの下にぬくぬくとおさまり、窓《まど》の外の木々が闇に溶《と》けこんでいくようすをながめ、夜の鳥がうたいはじめるのを聞く。でも、今夜は鳥の歌が聞こえてくると、死んだフクロウと赤ちゃんフクロウのことばかりが頭に浮かんできた。ぎゅっと目をつぶると、闇にしずんでいく森が、こなごなのかけらになる。

目をつぶっても、心臓《しんぞう》の鼓動が肋骨《ろっこつ》を傷《きず》つけるのをやめないから、ベッドからはいだして宝《たから》箱《ばこ》を開けた。本物の海賊《かいぞく》が船に乗せている宝の櫃《ひつ》とそっくりだけど、わたしのには金貨の代わりに森から集めた物語のかけらが入ってる。宝箱も、森の木からできている。父さんが組みたてて、すべすべにして形を作り、きれいにつつんで、六歳《さい》のときのクリスマスにプレゼントしてくれた。なかには、魔法《まほう》が入っている。ジグソーパズルのピースみたいな陶器《とうき》のかけらは、大昔に森で暮《く》らしてた野生の家族のもの。そのひとたちはたき火だけで料理を作り、星空の下で寝《ね》ていた。つやつやした骨《ほね》はドラゴンの骸骨《がいこつ》のかけらで、そのドラゴンはたけだけしい炎《ほのお》の息で森を守っていた。羽毛は、歌で火傷《やけど》をいやしていた小鳥のもの。地面のなかから新しい秘《ひ》密《みつ》を見つけると、わたしはいつも宝箱《たからばこ》にいれ、頭のなかがほかのものの命でいっぱいになる。

前に見つけたものを三つだけ取りだして、ベッドの上にならべた。宝物は、たちまちにぎやかに物語を語りはじめる。薄《うす》くて黒くてひしゃげているのは、たぶんコインで、森に住む男の子が持っていた、最後のコインのひとつだ。風変わりで力も強かったせいで、その子はオオカミの群《む》れに投げ入れられてしまった。その子は、薬を作って、感染《かんせん》した傷《きず》や、胸《むね》の骨にひびが入るようなせきや、汗《あせ》びっしょりになるくらいの熱病を治すことができたのに、村のひとたちは、その子を信用しなかった。でも、その子がするどい口笛を吹《ふ》いて両手をさっとふると、たちまち歯をむきだしたオオカミの群れが集まってきた。オオカミの広い背中《せなか》にまたがって、その子は木々のあいだをかけまわった。オオカミは男の子に食べ物を持ってきてくれ、男の子はオオカミの傷をいやしてやった。陶器のかけらは、男の子が野生の世界で集めた食べ物を混《ま》ぜていたつぼの破片《はへん》。つぼが飢《う》えた火の上にかけられると、野菜の切れはしや、きらきらかがやくベリーの粒《つぶ》がぐつぐつと煮《に》えていった。青緑のガラスのかけらは、男の子が使っていた魔法の石で、こわれたり、うまくいかなくなったりしたものをもとどおりにしていやす力を、男の子にあたえてくれた。わたしは、月日がなめらかにしたいやしの石のふちを親指でそっとなでてから、宝箱にもどした。

二日後に、わたしの月がめぐってきた。オクトーバー、十月。森で暮らしているひとには、一年じゅうでいちばんすばらしい月。森の外のひとたちにとっても最高の月かもしれないけど、そこまではわからない。十月になると、森の木々はパッチワークのような地面に葉っぱをぱらぱらと落としはじめ、あたり一面が燃《も》えているみたいにかがやきだす。ちょっとだけ霜《しも》の気配がする空気はからりと澄《す》んで、空は煙《けむり》の匂《にお》いがする。なにもかも新しくて、なにもかもわくわくするものばかり。

わたしは十月に、森から遠く離《はな》れた、清潔《せいけつ》で真っ白な病院で生まれた。写真のなかのわたしは虹色《にじいろ》の毛布《もうふ》にくるまれ、信じられないくらいちっちゃい。父さんが子どものころから持っている古いカメラで撮《と》ったもので、そのカメラは撮るとすぐに写真が出てくる。フィルムはもうひとつものこってないけど、なにかを思いだすのに写真はいらない。

父さんがいうには、母親とかいうひとと病室でいろんな名前を投げあったけど、どれもぴったりではなくて、壁《かべ》にはねかえってはストンと床《ゆか》に落ちたんだって。ふたりがわたしをだいて、おなかがふくらんだストーブと鳥とアナグマと落ち葉が待っている森にもどってきたとき、父さんがオクトーバーにしようといいだし、その名前がひらりと舞《ま》いあがったそうだ。

だから、いまはわたしの月。そして、父さんとわたしの十月は、いつも同じようにはじまる。どんなに凍《こお》りつくくらい寒くても。

わたしは、黄色い長靴《ながぐつ》をもぞもぞとぬいで、池の水に足の先をちょっと入れた。指のあいだから、絹《きぬ》みたいにすべすべした冷たい泥《どろ》がにゅるっと出てくる。おおいそぎで服をぬぎ、パンツだけになる。パンツのゴムが、タコの白い足みたいにひらひらしている。ガラスのような池の表面に、氷の破片《はへん》がきらきら光っている。いっしゅん、飛びこめなかった。地面や、氷や、草とおなじに、凍りついた、冷たい空気に閉《と》じこめられて、ちっとも筋肉《きんにく》を動かせない。と、鳥がうれしそうにひと声鳴き、なにか獲物《えもの》を追って地平線のほうにさっと飛んでいくのが見えた。わたしは父さんのほうを見て、ふたりでいち、にい、さん

ジャ

ン

プ。

耳のまわりで水がすごい音を立て、凍りついていた時間が千個《こ》の小さなかけらになって飛びちる。池の水が冷たすぎて、骨《ほね》が燃《も》えてるみたい。心臓《しんぞう》が止まったかも。水面の下の世界は、くすんだ緑。ふいにわたしは人魚になり、サメが藻《も》でこしらえた牢屋《ろうや》からのがれて、自由に向かって泳いでいく。肌《はだ》を切るような冷たさのなか、足をけり、水中の稲妻《いなずま》になる。水草が手に変わって足をつかみ、水底に引きずりこもうとするのを身体を回転させて押《お》しのける。なおもとんぼがえりして、縫《ぬ》うように水のなかを進むわたしに、サメの群《む》れがどんどん迫《せま》ってくる。首すじに熱い息をかけ、するどい歯でわたしの皮膚《ひふ》をけずろうとしたしゅんかん、ちょうど通りかかった巨大《きょだい》イカの触手《しょくしゅ》をつかむと、イカはひゅーっと安全なところまで連れていってくれ、やっと頭を水面から出すことができた。

父さんはわたしのすぐ横で立ち泳ぎしながら、髪《かみ》についた水をぶるぶるとふりはらい、ハアハア息をついている。**いつもよりずっと冷たいな**といいながら、むらさき色になった両手で肩《かた》をこすっている。それから、ふたりで顔を見あわせ、歯をガチガチいわせながらにんまりと笑う。だって、花火みたいにはじける冷たさとショックが、これ以上ないってくらいすてきだから。わたしは、空に向かってワーッと声をあげた。

池から出るのを父さんが手伝ってくれ、ふたりして池のほとりに寝《ね》ころんで、のんびり広がった雲でいっぱいの空を見上げる。毎年、父さんとわたしは相手が寒さをがまんできなくなるまでじっと待つけど、今年は父さんが負け。いきなり保温ジャーを取りにうちに走っていき、ストーブのそばにかけて温めておいた服も取ってきた。草の上にすわり、熱い紅茶《こうちゃ》をすすると、羽毛みたいな湯気が立ちのぼり、わたしの宝箱《たからばこ》のなかで骨《ほね》だけになっているドラゴンが最後の息を吐《は》いたみたい。厚《あつ》いソックスをはき、明るい青のセーターを着る。セーターのすそがひざの下まで来るので父さんのものらしいけれど、とっても暖《あたた》かいから気にしない。父さんが、いろんな雲を指さして教えてくれる。高積雲《こうせきうん》、巻雲《けんうん》、層雲《そううん》、高層雲。わたしは、いろいろな形をした雲を指さし、魚を食べているアロサウルス属《ぞく》の恐竜《きょうりゅう》や、馬に乗った少女の戦士が青い淵《ふち》をとびこえて、煙《けむり》につつまれた残酷《ざんこく》な目のドラゴンからのがれて家路に着くところだといった。それから、青緑のガラスのいやしの石を持っている男の子のお話をしてあげ、その子の世界が父さんとわたしをすっぽりつつみこむ。

父さんは、いつもわたしの物語をちゃんと聞いてくれるから、魔法《まほう》の力を持つ男の子とオオカミたちが村人たちの死に至《いた》る病いを治し、男の子が善良《ぜんりょう》でやさしい心の持ち主だとわかった村びとたちが、どうか村にもどってくれとお願いするところまでちゃんと話してあげた。でも、やっぱり男の子は、遠吠《とおぼ》えの得意な仲間と森の奥深《おくふか》くで暮《く》らすほうを選んだというところも。そのうちに、ふたりの身体をふるえがおそってきて、父さんは石を積んだ輪のなかにもうひとつ火をおこしてからやわらかい緑の表紙のノートを取りだし、冬じゅうの薪《たきぎ》を集めるためにしなきゃいけない作業の長いリストをふたりで書く。

わたしたちの十月は、いつもこんなふうにはじまる。

リストを書き終えたのは、朝食のあと。とっても、とっても、とっても長くなった。

森の木は、世話が必要だ。木は自分たちで育ち、横にも、空に向かっても育って、のびて、広がっていくけど、思いのままにさせるのは木のためによくない。枝《えだ》を刈《か》りこんだり、切りつめたり、斧《おの》で切ったり、茂《しげ》りあってとなりの木まで枝をのばし、カールした枝をからませようとするのをおとなしくさせたり。そういうことに、父さんとわたしは、ありったけの時間を使ってるんじゃないかな。森は戦場、わたしは戦《せん》士《し》だ。木はたがいになかよくして、いっしょになって見事な葉っぱの丸天井《まるてんじょう》を作ったり、葉っぱのない枝が手をつないだりしているようだけど、本当ははげしく闘《たたか》っている。多すぎたら、みんな死んでしまうから。

大きすぎたり
小さすぎたり

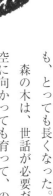

細すぎたり
高すぎたりして
死んでしまう。

だから、十月になるたびに、父さんとわたしは木を刈りこむ。多すぎる木を伐《き》りたおして、ほかの木が茂れるようにしたり、切株《きりかぶ》がまたのびてくるようにしたり。木の形を整え、きちんとした場所に留《と》めつけて、幹《みき》やら枝やらがごちゃまぜになった森のなかで、木がいっしょに生きていけるようにする。自然のさけびを止めていいのかなと思って、ときどき胸《むね》のなかがかっと熱くなったり気分が悪くなったりする。父さんとわたしはするどい金属《きんぞく》と太い麻糸《あさいと》を手に森にふみこんで、森の本能《ほんのう》を手なずけているのだから。だけど、そうしないと森はなくなってしまい、あとにはなんにものこらない。それに、地面まで何度も、何度も、何度も切りもどされた木は、永遠《えいえん》に生きつづけることができる……。そんなふうにあれこれ考えていると、頭のなかがめちゃくちゃになる。

ブンブンうなりを上げるチェーンソーを使うのは父さんだけで、わたしは持たせてもらえない。毎年、毎年お願いしても、父さんは**オクトーバー、オクトーバー、まだ、まだ**という。父さんは、わたしの名前を一度じゃなく、かならず二度呼《よ》ぶ。名前が歌になり、その音が調べになって流れていくように。

使っていいといわれている小さい斧《おの》だって、枝《えだ》や骨《ほね》をすぱっと切れるほど刃《は》がするどい。斧を使うときは、するどい刃先がわたしをバターみたいにすぱっと切らないように、暑くてちくちくする特別のシャツを着る。だけど、いままで手をすべらせたことなんかない。ただの一度だって。

父さんとふたりで、枝をそいだり切ったり、結んで固定《こてい》したりしていると、頭の上の葉っぱのすきまから、いつのまにか空の中心にこっそりわたってきた太陽が見えた。わたしの両手はトゲだらけで、爪《つめ》の下から新しい木が生えてくるかも。父さんの手の皮膚《ひふ》はかたくてじょうぶだから、木のトゲがささったりしない。

森の手入れも、父さんのいった**生命の循環《じゅんかん》のひとつ**で、死なないように手入れしたり、木の形を変えるのがいいのなら、どうして赤ちゃんフクロウを救ったらいけないの？　さっぱりわからないよ。

くたびれて、腕《うで》の筋肉《きんにく》がくたっとしてくると、小さなビニールハウスの畑にいって、食べられる野菜を収穫《しゅうかく》する。うちの食べ物はここで育てているけど、冬はたいていジャガイモだけ。夏には、ルビーみたいにぴかぴかのトマトや、エメラルド色のインゲンが、きれいに整えた新しい土のベッドの上にかがやいているし、オパールのような緑のキャベツや、トパーズ色に光る黄色いズッキーニもある。冬にはそんな色がないけれど、いつも料理できるものがなにかあるし、そうでなくても冷凍庫《れいとうこ》には夏の色がいっぱいつまっている。たったひとつ、わたしたちにできないものはチーズ――というか牛乳《ぎゅうにゅう》。父さんはウシやヤギを飼《か》うつもりがないから、チーズや牛乳は酪農家《らくのうか》のビルさんのところで野菜と交換《こうかん》してもらう。ビルさんは、いちばん近いおとなりさんだけど、うちから一億《おく》キロも離《はな》れているみたいな感じ。父さんとわたしは、さびついたランドローバー車に乗って森の曲がりくねった道をぬけ、やっと向こうの世界にたどりつく。

ビニールハウスは、じめじめして暑かったから、ジャングルに入っているつもりになった。添《そ》え木《ぎ》にしばってある実のないイチゴの茎《くき》は、ジャングルの木に巻《ま》きつく蔓《つる》。くねくね地面をはっているベニバナインゲンは、ヘビ。ナスタチウムのかがやく真っ赤な花は、下草にひそむ怒《おこ》ったトラの目。でも、わたしは平気な顔で、左右に斧をはらい下草を刈《か》っていく。わたしはトラに育てられたから、ちっともこわくないよ。そういうと、びっくりしたトラは花の形をした目を丸くしてから、毛むくじゃらの前足の上に頭をたれる。わたしを背中《せなか》に乗せて、ジャングルを歩きまわりたいんだって。なぜならわたしがジャングルの女王さまだから。ジャガーよりも、ワニよりも、毒《どく》をふくんだ息を吹《ふ》きかけただけで相手を殺すヘビよりも、わたしは野生で、あらあらしい。三十秒でひとを食ってしまうピラニアでいっぱいのはげしい川よりも。わたしとトラはむし暑い空気のなかを走り、毒蛇《どくへび》やカエルやジャガーのひそむ小道を、くねくねとたどっていく。ライオンのたてがみのすぐ横も。よく見ると、たてがみじゃなくてキャベツの葉っぱだけど。サルがはしゃいでおしゃべりしているのを聞いていると、一羽のフクロウがホーと鳴いた。とたんに、あの赤ちゃんフクロウのことを思いだして、胸《むね》がしめつけられる。動物のおしゃべりや鳴き声がジャングルの音よりぐんぐん大きくなったと思っているうちに、聞いたことのある声になった。だれかが、わたしの名前を呼《よ》んでいる。

わたしはジャングルから引っぱりだされ、ジャングルは流しの栓《せん》をすぽんとぬかれた水みたいにうずをまいて消えていった。**オクトーバー、オクトーバー、斧《おの》をふりまわすのをやめなさい。いまにわたしの頭をちょんぎっちゃうよ、**と父さんがいっている。父さんがのこっていたベニバナインゲンのさやをつむと、ヘビはシューッと怒《おこ》りながらちぢんで野菜にもどった。

父さんがわたしてくれる野菜をかごに入れながら、インゲンのはしっこをかじる。かごにニンジンやピーマンやインゲンのかがやく山ができていく。父さんに、まわりににょきにょきあらわれたジャングルや、わたしを女王にしてくれた動物たちの物語を話したけど、わたしを呼んでいる赤ちゃんフクロウの話はしなかった。

そのあと、父さんがランドローバーで酪農家《らくのうか》のビルさんのところにでかけていくと、すぐに走って、耳のなかにこだましているフクロウの鳴き声を止めにいった。

探《さが》さなきゃ。

わたしは、森のなかを探《さぐ》るのがすき。

ちっちゃな移植《いしょく》ごてとバケツを手にして、わたしは探偵《たんてい》になった。土を掘《ほ》ったり、藪《やぶ》のなかを探したりして、地面に埋《うず》もれている秘密《ひみつ》を救いだしてあげる。

知らないうちに、足があのフクロウの上に置いた、すべすべした石のほうに向かっていた。わたしは、秘密諜報員《ちょうほういん》。注意深く下生えのなかを進み、海賊《かいぞく》の宝《たから》の地図をぬすんだ悪者たちにひとあわふかせてやらなきゃ。その地図には、宝のありかを明らかにする、あらゆる秘密が隠《かく》れている。カサカサした落ち葉が散る地面を、ぬき足さし足進んでいく。落ち葉は、侵入者《しんにゅうしゃ》に気づくように悪者たちがまいたものだ。やつらがこそこそ話しているのが聞こえ、木々の後ろにゆがんだ影《かげ》ぼうしが見える。こそこそした声は、どんどん大きく、もっともっと大きくなり、しまいに悲鳴になった。頭をふると、悪者たちは朝の光に溶《と》けていったけど、悲鳴はのこっている。シューッというような、うなっているような。心臓《しんぞう》がピクンとはね、斧を持ってくるか、トラを連れてくるかすればよかったと思った。こすれるような音もするけれど、枯葉《かれは》がカサカサいっているのでもないし、枝《えだ》が風に鳴る音ともちがう。

そのとき、わたしは野生で、ここがわたしの森だってことを思いだし、明るくなっていく空気に、わたしはオクトーバー、斧《おの》を持ってるし、トラもいっしょだよとさけんだ。

だれも答えないけれど、それはいつもと同じ。いままで、だれかが答えたことなんかない。でも、手のひらは汗《あせ》びっしょりだ。うなり声は、もっとやわらかい別の声に変わっている。埋《う》めたフクロウの上に置いた丸い石のほうに、何歩か進んだ。声はますます大きくなり、わたしの心臓《しんぞう》の音も耳のなかで大きくなっていく。

スゲの草むらをかきわけると、先が曲がったくちばしと、ちっちゃなふわふわの白い雲が見えた。まだ生きていた赤ちゃんフクロウが、餌《えさ》をくれない世界に怒《おこ》って、わめいている。

一羽のフクロウは死んでしまい、この一羽には母さんがおらず、さあっと舞《ま》いおりて救ってくれる、もう一羽のフクロウもいない。

このままにしておかなきゃいけないのは、わかっていた。

父さんは、人間がフクロウを育てるのはよくないことだといっていた。

だけど、父さんとわたしだって、木が死なないように手入れをしているじゃない。

そっと近づいたけど、キイキイ鳴いているフクロウは、逃《に》げようとしない。ちっちゃすぎるし、こわがりすぎてるのに、なんであのフクロウみたいに死なないでいられたんだろう。こんなに寒いところに、ひとりぼっちでいたのに。とっても小さくて、とってもおさなくて、まだ目もちゃんと開いていない。

　手をのばして、ふわふわの羽毛をちょっとさわってみた。このふわふわが、やがて波打つような羽になる。とってもやわらかくて、温かい空気にふれているみたいだ。**よし、よし、いい子だね**とささやくと、わたしの声のほうにちっちゃな頭を向けるから、胸《むね》がぎゅっとしめつけられる。**もうだいじょうぶだよ**といって、指先でふるえている心臓にふれた。

　ずっと昔に読んだ本を思いだした。やっと読むのをおぼえ、茂《しげ》りあった藪《やぶ》のような言葉のあいだを必死に闘《たたか》いながら進んでいき、ようやくおしまいまでたどりついていたころのこと。それは暗闇《くらやみ》がこわいメンフクロウの赤ちゃんの物語で、その子は、夜がおもしろくて、やさしくて、楽しくて、大切で、すばらしくて、美しいということを知らなかった。目の前にいる赤ちゃんフクロウも、ひとりぼっち。まわりの世界は恐《おそ》ろしくて、真っ暗だ。

　虹色《にじいろ》のマフラーをはずして、そのなかにフクロウをそっとすくいあげた。よわよわしくもがいたけど、こわがって翼《つばさ》をバタバタさせたり、するどい爪《つめ》がマフラーにひっかかったりしないように、ゆるくつつむ。もろくて、いまにもこわれそうで、お母さんフクロウの空っぽの骨《ほね》とこわれた身体が目に浮《う》かぶ。お母さんのほうが、ずっと大きくて強かったよ。

　ふるえるつつみを胸のところまで上げて、ハミングする。歌声の振動《しんどう》が、わたしの肋骨《ろっこつ》をとおして伝わると、赤ちゃんフクロウは動くのをやめた。とつぜん死んじゃったのかもと思って、おなかがぐっと苦しくなったけど、マフラーのなかをのぞくと、フクロウは首をかしげて、変だなという顔をしている。

赤ちゃんフクロウを、わたしの隠《かく》れ家《が》まで連れていった。隠れ家は、どこからも見えないように注意して作ったから、探《さが》そうと思わなければ、そこにあることすらわからない。父さんは、知らないふりをしていると思う。去年の夏に三日もかけて作りあげ、両手が傷《きず》だらけになって一週間は使えなかったから、ぜったいに気がついてるはずだ。

隠れ家はトネリコの倒木《とうぼく》で作り、テントみたいな形をしている。トネリコの幹《みき》は細いから、わたしでも動かせたし、背《せ》が高い木なので、ちゃんとテントみたいにとんがっていて、なかでしゃがまなくてもいいし、枝《えだ》に頭をぶつけたりもしない。その前に作った隠れ家は、こんなによくなかった。今度のは、完璧《かんぺき》だ。

地面には、物置から持ってきたタールぬりの防水布《ぼうすいふ》を敷《し》いてある。上に毛布《もうふ》を何枚《まい》も重ね、クッションも置いたから、とってもいごこちがいい。毛布は全部色ちがいで、毛糸で編《あ》んだ毛布の何枚かは、父さんがまだじょうずに編めないころにこしらえたから、ところどころほつれている。父さんに編み物を教えたのは、母親とかいうひとだけど、そのひとが編んだ毛布は一枚もここにはない。前には、わたしのベッドにそのひとが編んだ毛布が一枚かかっていたけど、何年も前に丸めて洋服ダンスにつっこんだ。紺色《こんいろ》の毛布で、黄色い星がオクトーバーの頭文字、

O《オー》の形に刺《し》しゅうしてあった。

ランプとやかんと戸棚《とだな》も、ひとつずつある。戸棚に入ってるのは、つぶれた金属《きんぞく》の水筒《すいとう》、ティーバッグの箱、形の悪い、ちっちゃな鍋《なべ》、ふちの欠《か》けたキャンプ用のマグカップ、マッチ箱、それから薪《たきぎ》と焚《た》きつけ用の木切れが少し。どれも、なくなったと父さんが気づかないうちに、コートのポケットに入れて持ってきた。ランプは、物置のすみに捨《す》ててあったものだけど、とても美しくて、火をともすとステンドグラスを通して、むらさきや青や緑の光が壁《かべ》に映《うつ》り、隠れ家が生き生きしてくる。インゲン豆のトマト煮《に》の缶詰《かんづめ》ふたつは、最後に村で大きな買い物をしたときののこり物。スーパーマーケットにいくと、照明で目はいたくなるし、ショッピングカートのガラガラキイキイという音や、ふいにどこかから聞こえてくるビーッビーッという警《けい》報《ほう》や、天井《てんじょう》にワーッとはねかえってくる声で耳がいたくなる。だから、そのときも外に出てランドローバーのなかで待っていたら、父さんが、小さいときに見たことのあるような、でもそれは夢《ゆめ》だったのかなと思うような物を持ってでてきた。インゲン豆のトマト煮やキドニービーンズの缶詰、とろりとした赤いスープの缶と、レンズ豆という小さなかわいた豆。まだ、少しはうちにのこっている。

赤ちゃんフクロウをクッションの上に置いて、マフラーにかかっている爪《つめ》をはずした。フクロウは、虹色《にじいろ》のマフラーの上から、しっかり目をつぶったままわたしのほうを見上げるけれど、起きあがろうとはしない。生えはじめた羽毛をなでながら声をかけた。

どうしてあげればいいのか、わたしにはわかんないよ。

隠《かく》れ家《が》の戸口から、外をのぞいてみる。太陽は空の低いところにいて、水のような冬の光をよわよわしく投げかけてくる。父さんが帰ってくるまで、しばらく時間があるはず。恐怖《きょうふ》が火花になって、指先までじりじりといたむ。父さんは、自然のじゃまをしたといって怒《おこ》るだろうな。いままで、ぜったいに怒ったことはないけど。

赤ちゃんフクロウが、ちっちゃな声で鳴いた。おなかがペコペコなんだ。**インゲン豆は食べないよね。トガリネズミがすきだって読んだことがあるけど、いますぐには見つけられないよ。**

餌《えさ》を探《さが》してやらなきゃと思うと、ちょっとだけ気持ちが落ちこんだ。トガリネズミやハツカネズミ、ときどきはハタネズミも、森の暗い地面を走っていくのを見たことがあるけど、どのネズミも、身体のなかに秘密《ひみつ》の電流が流れているんじゃないかというほどすばやい。わたしは、あんなに早く走れない。それに、もしつかまえることができても、そのあとどうすればいいの？

名前をつけてあげなきゃね。そういってから、本のなかの名前をいくつか考えてみたけど、わたしの名前を父さんが考えたときのように、どの名前も毛布《もうふ》の上に落ちてしまい、赤ちゃんフクロウも、ゆっくりと頭をふりつづけている。

ポンゴ
パーディタ
メアリー
チャーリー
ジョー
ジェーン
キャリー
ポール
ジョージ
ポージー
ペトラ
ハリー
ディゴリー
セアラ
シリル

アンシア

ザック

トム

アン

ミランダ

ストン、ストン、ストン、ストン、名前は落ちつづける。クルクル、クルクル、クルクル、赤ちゃんフクロウは首を横にふる。この子は、ひとりぼっちで森のゴミのなかにいた。ちぎれた葉っぱ、土くれ、折れた小枝《こえだ》を集めたなかに。前に読んだ物語の切れはしが、頭のなかをぐるぐるまわりはじめる。ひとりぼっちで、ゴミ捨《す》て場《ば》にいた男の子。親も、友だちも、家族もいない原始人の男の子の隠《かく》れ家《が》の上には、ゴウゴウと吠《ほ》える世界のはしっこすらなかった。その子の名前が、ぴょんと飛びこんでくる。赤ちゃんフクロウを見つけたときからわたしのそばにいて、顔を出すのをじっと待っていたみたいに。

スティッグ。『ゴミ捨て場の原始人』（イギリスの作家、クライブ・キングの作品）に出てくる子と同じ名前。

名前が、ひらりと舞《ま》いあがる。

ソックスを二枚《まい》重ねて長靴《ながぐつ》をはいているのに、足の先がかじかんで、じんじんしてくる。わたしがこんなに寒いんだから、スティッグはきっと凍《こご》える寸前《すんぜん》だよね。巣もなくて、あっためてくれる母さんも、父さんも、きょうだいもいなくて。そう思ったら、のどにかたまりがつまったので、ごくんと飲みこんだ。戸棚《とだな》をギイッと開け、薪《たきぎ》と焚《た》きつけとマッチを取りだして隠れ家からでる。

戸口から何メートルか離《はな》れたところで、小さなたき火をするつもり。父さんが教えてくれたとおりに石で輪を作る。輪のなかに焚きつけを置く。その上に、薪をピラミッド型に積む。マッチをすり、ちらちらおどる火を薪の下に入れ、**シューッ**と火花を散らしてから燃《も》えあがるのを見まもった。

それから、水を入れた水筒《すいとう》の栓《せん》を開ける。金属《きんぞく》とほこりの匂《にお》いがするけど、沸《わ》かせばだいじょうぶ。やかんに水を入れ、炎《ほのお》が落ち着いて怒《おこ》らなくなってから、真っ赤にかがやく薪に押《お》しこむように置く。

カップにティーバッグを入れ、やかんがうたいだすのを待った。やかんのピーッと鳴る音がわたしの頭の底にひびき、赤ちゃんフクロウもこわがって悲鳴をあげたから、すばやくやかんを火からおろし、グツグツいっているお湯を枯葉《かれは》の上にそそぐと、もうもうと湯気が立つ。のこりのお湯をカップについでから、牛乳《ぎゅうにゅう》がちょっぴりあるといいのにと思った。

フクロウをひざに乗せて切株《きりかぶ》にすわってから、顔をなでてやりながら苦い紅茶《こうちゃ》をすすり、木《き》の枝《えだ》でたき火のはしをつついて消えないようにする。**だいじょうぶだよ。だいじょうぶにきまってるよ。**

それから、父さんが煙《けむり》の合図に気がつくのを待った。

　太陽が空にのぼれるだけのぼったころ、ランドローバーの息がつまったような、ブッブッという音が聞こえてきた。エンジンがせきこみ、あたりにガソリンの匂《にお》いがただよう。音が止まるとドアがガタンと鳴り、あたりは静まりかえる。これから父さんは、牛乳とかチーズとか、そのほかビルさんから買ったものを家に運ぶだろう。そう思ったので、またスティッグをゆすりながらハミングをはじめた。
　すると、父さんの緊張《きんちょう》した声が木々のあいだから聞こえてきた。言葉のほうはさっと風にさらわれ、なにをいっているのかわからない。近づいてくる足音で、煙のほうにやってくるとわかったとたん、秘密《ひみつ》の隠《かく》れ家《が》が見つかるのはいやだなと思った。スティッグをさっとマフラーでおおうと、キイッと鳴いたり、こわがって翼《つばさ》をバタバタさせたりする。シーッシーッと耳のありそうなところに声をかけながら胸《むね》にだきあげ、テントを隠してくれているヒマラヤスギの木立をまわって出ていく。

父さんは、森の小道に立って、鼻をぴくぴくさせている。煙《けむり》が父さんのまわり一面に立ちこめているので、どこから来るのかわからないらしい。落ち葉をカサカサいわせて近づくと、父さんはさっとふりかえってにっこり笑った。**うちでなにか仕事をしてくれてると思ってたのに。**それから、もう一度わたしを見て、**オクトーバー、オクトーバー、なにをかかえてるんだね？**

　空中からお話をつむぎだして、だってしかたがなかったんだもんといおうか。火のような目をしたノスリが、この子をねらって低く飛んでいたんだから、とか。そうすれば、父さんもどういったらいいかわからず、怒《おこ》ったりしないかも。でも、わたしは口をぎゅっと結んで、その話を胸《むね》に閉《と》じこめた。

父さんは、怒ってはいない。
だけど、喜んでもいない。
　スティッグをうちに連れてかえると、父さんはスティッグをいれる深い箱を探《さが》してきた。メンフクロウは深い巣に住んでいるし、スティッグはメンフクロウだからという。スティッグのことを「これ」とか「この鳥」とか呼《よ》ぶのはいやだから、わたしは女の子だと決めた。ほんとに女の子かどうかは、あとになって父さんが教えてくれるだろう。父さんがちっちゃなふるえている身体をなでて翼《つばさ》にふれているあいだに、わたしはこっそり、青緑に光るいやしの石をいくつか箱に入れた。スティッグに指をかまれた父さんが、そんなにひどくかんだわけじゃないのに悲鳴をあげたから笑ってしまう。でも、スティッグをきらいになってもらいたくないから、ほんとに小さな声で。父さんは自然について書いてある大きな本を台所のテーブルにひろげ、ページの上に指を走らせている。それから顔を上げ、**スティッグにネズミとか、なにかの雛《ひな》とか**

を取ってきてやらなきゃなというから、おなかがぎゅっとなる。わたしだってそのことは考えていたけど、いったいどうしたらいいかわからない。でも、父さんは立ち上がってランドローバーのキイを持つと、**早く顔を洗《あら》っておいで、ペットショップにいかなきゃいけないから**という。わたしは悲鳴をあげた。だって、だれかのペットを餌《えさ》にするなんていやだし、スティッグと別れるのもいやだ。だけど、父さんはわたしの顔を見て、しっかりと、落ち着いた声でいう。**そのフクロウはおまえが拾ったんだから、おまえに責任《せきにん》があるんだよ。**

わたしは、顔を洗いにいった。

ランドローバーに乗ってると、吐《は》きたくなった。ドスンドスンと泥《どろ》んこ道を走っているのに、ひざの上のスティッグはピーとも声を立てない。ふいに木々が消えると、空から光がどっと流れこみ、わたしをしっかりつかんで世界のふちから落ちないようにしてくれるものがなんにもない。

そのあと、目を閉《と》じたままでいると、古いハンドブレーキがギイッと鳴って、エンジンがうなるのをやめる。すると今度は、あらゆる方角からはねかえってくる音が耳いっぱいにあふれ、わたしを押《お》しつぶそうとしはじめる。

父さんとわたしは、ほとんど村にはいかない。ガソリンの匂《にお》いがして、ランドローバーのエンジンがうなりはじめると、わたしの両手は汗《あせ》びっしょりになり、心臓《しんぞう》がぎゅっとなる。父さんも、村にいくのはきらいだ。さわがしい音、押しのけていくひとたち、店のぎらぎらした照明、木のない空に押しあいへしあいしている、すぱっと切ったような建物。手を父さんの手にすべりこませて歩いていくと、自分がふいに小さくなったような気がする。建物に押しつぶされそうな、あちこちからあふれる音の壁《かべ》にはさまれてぺしゃんこになりそうな、鞭《むち》のようにピシピシ打ってくる匂いにこなごなにされそうな。森にいれば、コウモリのチチチッという声を聞いて、巣にしている木をぴたりと当てることができる。空気のなかに雨の匂いや、ふってくる前の雪の匂いをかぎとることも。村では、わたしの感覚はいっしょくたに押しつぶされて、そのうちにまわりのすべてがもつれあった悲鳴になって目や耳を攻撃《こうげき》してくる。

去年、一年に一度の買い物をしに店にいったとき、男のひとが父さんに、わたしのことを頭がおかしいといった。だれにも会わないし、ほかの子と遊ばないし、学校にいってないから、なんにも知らないんだって。わたしは、大声でどなりたかった。わたしは、緑のちっちゃな若《わか》木《ぎ》をオークに育てる方法も、木の手なずけかたも知ってる。雪がふりだす前に空気の匂いでわかるし、自然のなかで暮《く》らすことを知っている、と。だけど、わたしはひとこともいわず、ほおに血がさっと上るのを感じてただけで、自分を紙切れみたいにたたんでから歩道の割《わ》れ目《め》にするっと入ってしまいたくなった。女の子たちがこっちをじっと見て、クスクス笑っていた。父さんが料理用のはさみで短く切ってくれた髪《かみ》や、六月のオークの葉の色をした、厚《あつ》いセーターを指さしていた。

その子たちは、ちかちか光る糸のカーディガンと、貝がらみたいなきらきらがついたティーシャツを着ていて、耳たぶにちっちゃな星をつけている子もいて、くちびるにべとべとした光るものをぬっていた。クモの糸で織《お》られたような薄《うす》いスカートが足にそっとふれたらどんな感じかなと思ってから、そのレースのスカートが木の枝《えだ》にひっかかって、ぼろぼろになるところが目に浮《う》かんだ。その子たちは、こっちをじろじろ見ながら、口を両手で隠《かく》してしゃべり、指にはきらっと光る銀色の指輪をはめ、爪《つめ》を明るい色でぬっていた。わたしは、学校にいってなくてよかったと思った。


車が駐車場《ちゅうしゃじょう》に着く。巨大《きょだい》な金属《きんぞく》の箱みたいな店が、まわりを囲んでいる。どの店にもぎらぎらした看板《かんばん》と大きなガラス窓《まど》があって、金属がぶつかる音や、さけび声や、エンジンの音や、警笛《けいてき》や、わたしの鼓動《こどう》より早いリズムの音楽があふれている。いつも来る店とはちがうから、落ち着ける手がかりになるものがどこにもない。

父さんがランドローバーのドアを開けたとたん、外の空気がわたしをたたく。車のガスや、ほこりや、ゴムや、汗《あせ》や、のどの奥《おく》を打つ、もっと濃《こ》い匂《にお》い。せきこんだけど、だれもせきをせずに車からおりたり、灰色《はいいろ》の金属の大蛇《だいじゃ》みたいなカートの列に自分のカートをもどしたり、赤い顔をしたちっちゃい子と手をつないだり、頭を下げて急ぎ足で歩いたりしている。いやな匂いや、騒音《そうおん》や、灰色で灰色で灰色の空気が当たり前のような顔をして、急いだり、笑ったり、さけんだり、おしゃべりしたり。わたしのまわりの空気が溶《と》けていきますように。そしたら、宇宙《うちゅう》に浮《う》かんで点々とかがやく星に囲まれたり、深い海の底にしずんで魚のうろこが足もとにチカチカと光るのを見たり、鰓《えら》から出た空気がぶくぶくと首もとにあたるのを感じたりできるのに。ポケットに手をつっこみ、いつも入れている真鍮《しんちゅう》のボタンを親指でなでながら、物語のなかに入っていけますようにと願ったけど効《き》き目《め》はなく、わたしはやっぱり同じ場所にいる。

スティッグをコートのなかにすっぽりだいたまま、大きなペットショップに向かった。うつむいて、足もとの見慣《みな》れないコンクリートの地面を見つめながら歩いていくうちに、その木があった。コンクリートより濃い灰色の石で囲った土に、その木が一本だけ立っていた。イチイの木で、きっともう何百歳《さい》かで、駐車場が森だったころからここにいたのに、いまはひとりぼっちで。わたしは泣きたくなった。

ペットショップのドアが**シューッ**とひとりでに開いたから、スティッグを落としそうになる。父さんが肩《かた》に手を置いてくれ、その重みのおかげでびっくりがどこかに飛んでいったけれど、肩をつかんでいる父さんの指の筋肉《きんにく》もふるえている。父さんはここではなんだか小さくて、後ろに木立がないから、ここにいてはいけないひとに見える。

わたしたちは、店のずっと奥《おく》までいった。「マージ」というバッジをつけた女のひとに、「野生動物」を持ってきたら奥にいかなきゃいけないといわれたからだ。「野生動物」といったとき、そのひとの声にはトゲがいっぱい生えていた。プラスチックのドアの向こうにいるウサギの前を通ると、うずくまってキイキイ鳴いているのがいる。男の子がかわいいなんて笑いながらいってるから、どなってやりたくなった。ウサギは、心拍数《しんぱくすう》が千分の一秒に百万回打つときにキイキイ鳴くの。このウサギはこわがっているんだよって。

青いリードをつけた大きな灰色《はいいろ》の犬がこっちに頭を向け、わたしの胸《むね》のところにくるまれているスティックをクンクンかぎはじめる。でも、飼《か》い主《ぬし》がすぐに犬を止め、**それはお友だちになるやり方じゃないよ**といって、にっこり笑ってきたけど、床《ゆか》に溶《と》けこんでしまいたくなる。

百歩あるくのに、一万年かかった。

奥にある小さな店で、箱入りの死んだ冷凍《れいとう》ネズミと、箱入りの死んだ冷凍ヒヨコを買った。ヘビが温めた石の上で眠《ねむ》ったり、水を入れたボウルの後ろで丸まったりしている。前に森でヘビを見かけたことがあるけれど、ジグザグもようでジグザグ進むクサリヘビで毒蛇《どくへび》だったから、ちゃんと見たことは一度もない。ここにいるヘビはじっとしているから、ぼつぼつも縞《しま》もようもすっかり見ることができる。

ネズミとヒヨコの箱は、どちらも厚《あつ》くて真っ白で、父さんが発泡《はっぽう》スチロールというものだと教えてくれる。さわるとキュッキュッと音がしたから、ネズミとヒヨコが生きかえったのかもと思ってしまった。父さんは、特製《とくせい》のドッグフードの缶《かん》も買う。スティッグが力をつけるのに必要なんだって。お金をはらう列にならんだとき、父さんが大きなコートのポケットからコインをひとつかみだすと、後ろの女のひとがいらいらして、身体をこわばらせる。わたしは、ずっと箱だけを見つめていたけど、スティッグがハート型の顔を上げ、見えない瞳《ひとみ》をわたしに向けているのがわかって、足のふるえが止まった。

帰りの車でも、わたしは目をぎゅっとつぶっていた。スティッグの目がまだ開いてなくてよかった。これからスティッグが見るのは、森の世界だけだ。

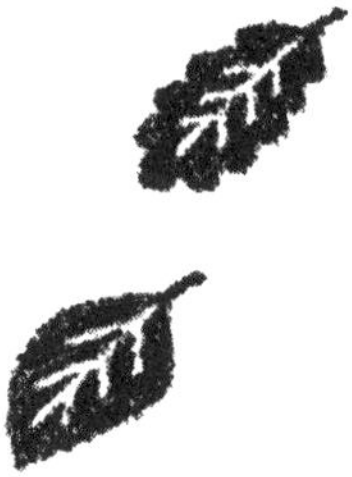

うちには、どっさり本があるから、父さんが毎年、まわりにある木で新しい本棚《ほんだな》を作っている。どの壁《かべ》の前も、天井《てんじょう》から床《ゆか》まで本棚。わたしは、オークの木の本棚がいちばんすき。父さんは、わたしたちのまわりの世界を書いた本の、ぼろぼろになった革《かわ》の背表紙《せびょうし》にずっと指を走らせていき、とうとうスティッグのことが出ている本を見つけた。

　鳥や木や土や植物について書いてある本を、父さんはもう千冊《さつ》も読んでいるけれど、何ページも何ページもめくっては、くりかえし、くりかえし読んでいる。それから、スティッグはぜったいに女の子だといった。スティッグの胸《むね》の毛は白から濃《こ》い色に変わっている。女の子はのどもとの毛が茶色いけれど、男の子はちがうから、だって。それから、スティッグはおなかをすかせているし、のどもかわいているけれど、巣箱に特別な匂《にお》いのする糞《ふん》をしているから健康《けんこう》だといい、巣箱のかんなくずは、いつも新しいのと取りかえてやらなきゃいけないという。それと、スティッグが食べるのは動いているものだけらしい。わたしが見つけなければ、死んでいただろうともいった。
スティッグに餌《えさ》を食べさせるのは、大変。まずタオルにくるんで頭だけ出してから、わたしがすわって、ひざのあいだに入れる。スティッグの筋肉《きんにく》や腱《けん》や骨《ほね》が、わたしのひざをぎゅっと押《お》す。信じられないくらい、もうじょうぶで力強くなっている。

最初に、なにか水分をあたえなきゃいけない。父さんは、フクロウはあまり水分を取らないが、こいつはどうやら脱水状態《だっすいじょうたい》みたいだといい、砂糖水《さとうみず》をこしらえた。戸棚の奥《おく》に砂糖の袋《ふくろ》があってよかった。砂糖はかたまってたけど、スプーンの背でつぶして完全にさらさらにしてから、父さんにわたす。

赤ちゃんのわたしに薬を飲ませるとき使ったちっちゃな注射器《ちゅうしゃき》に父さんが砂糖水をいれると、わたしはひざのスティッグをしっかりつかまえる。砂糖水をくちばしのあいだに入れようとしたら、スティッグは怒《おこ》りだした。つぎに、まつ毛より細い毛のブラシの先に、水で溶《と》いたドッグフードをつけてくちばしに近づける。とたんにギャアッと鳴いたから、鳥肌《とりはだ》が立った。フクロウがそんな声を出せるなんて思ったこともなく、うちじゅうが恐《おそ》ろしい空気でいっぱいになった。なみだみたいな熱いものを目のなかに感じたけど、泣きだしたりしない。ぜったい泣いたりしない。**食べ物に抵抗《ていこう》してるんだな**と、父さんがいう。**どの本にも書いてあるけど、すごくこわがっていたら、ひと口も食わないよ。ここにおまえといっしょにいても安全だと学ばな**

いかぎりね。オクトーバー、オクトーバー、おまえといっしょにいたらだいじょうぶだって感じさせなきゃ。

まるで、スティッグを殺してるみたいだし、わたし自身を殺してるみたい。くちばしのカチカチいうはしっこにうまくブラシを当てられないし、スティッグの悲鳴は、死にかけてるひとの声みたいだし。ひどくつつかれたから、両手に真っ赤な血の点々がついた。父さんがささやく。

ゆっくり、ゆっくりだよ。だけど、ゆっくり、ゆっくりやりながら、すばやくくちばしに食べ物を入れるなんて、できっこないじゃない。もうむずかしくって、むずかしくって、命を救おうとしているのに、スティッグはおなかがすいて死んでいく。

深呼吸《しんこきゅう》するんだ。父さんにいわれて、肺《はい》がはちきれそうになるまで息を吸《す》い、ゆっくり吐《け》きだすと、おびえた小鳥の心臓《しんぞう》みたいだった鼓動《こどう》がおさまる。それからも悲鳴をあげるくちばしにブラシを押《お》しつけつづけると、そのうちに、どろどろのドッグフードがくちばしのなかに入りはじめ、スティッグは怒《おこ》って爪《つめ》をぎゅっと丸める。

食べたり怒ったりしながらおなかがいっぱいになったスティッグは、箱のなかでことんと眠《ねむ》り、ぷんぷん怒っている、ふわふわのボールになった。

父さんが強い匂《にお》いがする薬を、傷《きず》だらけの手につけてくれる。皮膚《ひふ》にしみていたくてたまらなかったけど、声をあげたりしない。
わたしは野生で、わたしは勇敢《ゆうかん》だから。

何日もかけて、むりやりスティッグの口に食べ物を入れなきゃいけなかった。いつも拷問《ごうもん》してるみたいな気持ちになったし、父さんとわたしは腹《はら》が立ったり、いらいらしたりして、大声でどなったり。こんなことしてたら、飢《う》えるか、のどに詰《つ》まらせるか、死ぬかするんじゃないか、この三つを全部やっちゃうんじゃないかと気が気ではなかった。父さんは髪《かみ》の毛《け》をかきむしっては本を開き、何度も何度も読みかえしては、ああやったり、こうやったり試してみたけれど、ちっともうまくいかなかった。スティッグのくちばしは閉《と》じたままで、わたしたちが近づこうものなら、いつも警戒《けいかい》してビービー鳴くようになった。わたしたちに、すごく残酷《ざんこく》なことをされていたからだ。もう餌《えさ》やりが、いやでいやでたまらなかった。

　でも、ある日、わたしがいらいらして半分解凍《かいとう》したネズミを放りなげたら、半円を描《えが》いて飛んでいったピンクと白の肉と氷が、たまたまスティッグに当たった。するとスティッグはネズミの上にぴょんと乗り、かぎ爪《づめ》で裂《さ》いてごくんと飲みこんでから、いままで一度も餌をもらってなかったような顔で、もっとくれとせがむ。

それからスティッグは、おかしなぐあいにぴょんぴょんと一歩ずつ成長し、何日か過《す》ぎて、一週間が過ぎた。

ふわふわの軟羽《なんう》がぬけはじめ、新しく生えた細い飛び羽のおかげで、やせた体がまん丸に見える。まだ本のなかの立派《りっぱ》なメンフクロウとはちがうけど、ゆっくりと姿《すがた》が変わってきている。まだ飛べないけれど、箱から出てぴょんと跳《と》んだり、ちょこちょこ歩いたり、どうしたら爪《つめ》のあいだにある床《ゆか》が見えなくなるか考えているように翼《つばさ》をはばたかせたりしている。しょっちゅう箱を出たり入ったり、家のなかをぴょんぴょんはねまわったり。わたしのお気に入りの椅子《いす》は、前よりもひじかけから詰《つ》め物《もの》がはみだしているし、布地《ぬのじ》がスティッグの爪でぼろぼろになったけど、そんなのはかまわない。

スティッグは、どんどん大きくなって、太って、食いしんぼうになっている。強くてじょうぶになったから、わたしはスティッグの箱から青緑のガラスを取りだして、いやしの石の物語は本当かもと思った。くちばしやかぎ爪で冷凍のネズミを引きさく音を聞くたびに胸《むね》がむかむかしてたけど、いまは骨《ほね》がバリバリ折れる音がしていても、平気でシチューやスープが食べられる。

スティッグは、ペリットを吐《は》く。ペリットというのは、タカやフクロウが吐きだす、消化しきれなかった骨《ほね》や羽などのかたまりのことだ。古い、さびついたピンセットでペリットをていねいにかきわけ、やわらかくて黒い毛を取りのぞく。そおっと、よくよく注意しないとペリットのなかにある骨がこわれてしまう。きらっと白く光ったと思うと、歯があらわれる。長方形の頭蓋骨《ずがいこつ》のなかにある、ちっちゃな真珠《しんじゅ》の粒《つぶ》みたい。輪の形をした骨盤《こつばん》。ビーズをつなげたみたいな背骨《せぼね》と、するどくとがった肋骨《ろっこつ》。こういう骨のおかげで、ネズミは動いたり、走ったり、はねたり、かんだりできるんだ。

スティッグは、わたしたちの手から餌《えさ》を食べるようになり、冷凍庫《れいとうこ》を開けるたびに箱から顔を出し、こっちに目を向ける。その目は、早くパチッと開いてまわりの世界を見たいといっている。

そして、とうとう目が開いた。

スティッグの目は、頭のわりにとっても大きくて丸く、澄《す》みきった闇夜《やみよ》の色をしている。わたしを見るときには満月になるけど、眠《ねむ》かったり、なにか考えたりしているときは三日月になる。その目は、まわりにあるすべてを飲みこみ、わたしがじっと見るとしっかり見かえしてくれる。美しくて、生まれてはじめてできた本当の友だちで、胸《むね》がしめつけられるくらい愛《いと》しい、大切なスティッグ。

十月になってから三週間たっても、まだ、わたしの月のオクトーバーだけど、だんだん終わりに近づいてくる。でも明日、わたしは十一歳《さい》になる。父さんとわたしは、冷凍庫で冬を待っている黄色いズッキーニで、スパイスのきいた野菜シチューを作った。夏になるといつも収穫《しゅうかく》した野菜をパックして、冷凍しておくから、一年じゅうたっぷり食料があり、毎日ごちそうが食べられる。雪がふって、ビルさんのところに車でいけなくなるときのために、父さんは牛乳《ぎゅうにゅう》まで冷凍している。

　わたしが野菜をきざむと、わたしより年を取っている鍋《なべ》に、父さんが野菜を放りこむ。ズッキーニがタマネギやピーマンといっしょにグツグツ煮《に》えたち、スティッグが箱から首を出してシューッと鳴く。**あんたのじゃないよ**といったけど、どっちみち餌の時間だから、ネズミを一ぴき投げてやった。スティッグは丸い頭を信じられないくらい遠くまでのばして、空中を飛んできた白いかたまりをくちばしでつきさす。

いまはもう、スティッグはわたしのそばを離《はな》れたがらない。小枝《こえだ》みたいな足でぴょんぴょんついてきて、トイレに入ってもドアのすきまからのぞいたり、わたしが出るまで外でキイキイ鳴いたりしている。

ひじかけ椅子《いす》に丸まって勉強をするときも、スティッグはわたしの横にくっついている。今日の勉強は、森の地図を描《か》くことだと父さんにいわれた。誕生日《たんじょうび》の前の晩《ばん》なのに勉強させるなんて、信じられないよ。ノートをひざの上に乗せ、何回も削《けず》って切株《きりかぶ》みたいになったやわらかい芯《しん》の鉛筆《えんぴつ》で地図を描いていく。ビニールハウスの畑、わたしたちのうち、去年木を伐《き》りたおして作った空き地、池。木が生《お》い茂《しげ》っているところは、ぎっちりつまった濃《こ》い点で描く。森のなかなら、目かくしされても歩ける。紙の上に、灰色《はいいろ》の森が姿《すがた》をあらわすと、探検家《たんけんか》になったわたしは、失われた世界の秘密《ひみつ》を描きこんでいく。秘密の隠《かく》れ家《が》と、宝物《たからもの》を隠しておいた木の洞《うろ》もつけくわえる。それから森のなかにいくつもある物置小屋を描きこみ、家のすぐよこにある物置には「薪小屋《たきぎごや》」と名前を書いておいた。森のなかを円や曲線を描いて走り、わたしたちの世界のぎりぎりはしっこまでいく小道も。父さんがやってきて、荒《あ》れた指先で地図の線をたどると、紙がガサガサ音をたてる。**外の道路につながってる道だけ忘《わす》れてるじゃないか**といわれたけど、それはわざと描かなかった。

冷たい空気で肺《はい》がきゅっといたかったけど、外でシチューを食べる。火をおこしながら大昔の女の子を思いうかべたら、わたしの服はウサギの毛皮に、父さんとわたしのうちは枝と泥《どろ》の小屋に、森のまわりは、勢《いきお》いづく馬の背《せ》に乗ってすぐにでも冒険《ぼうけん》にいける未知の世界になる。わたしは、星の光にみちびかれて新種の動物を発見し、老《お》いたオークの丸まった根のあいだに埋《う》められた大昔の宝物を見つけるかも。あったかいシチューを手づかみで食べると、ほおに汁《しる》が垂《た》れる。わたしは、野生だ。

　父さんが、**オクトーバー、オクトーバー、おまえは十月に生まれたんだよ**というから、思わずクスクス笑ってしまう。わたしが知らないと思ってるみたいに、毎年同じことをいうんだから。そでで口もとをぬぐっていると、**おまえは、いままで見たもののなかで、いちばん小さかったんだぞ**というので、あきれてくるりと目をまわしてみせた。だって、赤ちゃんより小さいものは、この森のなかだけでも十億《おく》もいるんだよ。たき火から飛びちる灰《はい》とか、ナイフみたいにするどく凍《こお》った草とか、わたしと父さんの頭のまわりを飛んでいる羽虫とか、窓《まど》からのぞいているフクロウとか。

誕生日《たんじょうび》なんていやだなと思うときもある。父さんがきまって母親とかいうひとの話をするからだ。今夜、父さんはウィスキーを飲んでいて、わたしにもちょっぴりすすらせてくれたけど、せきが出て、なみだがほっぺたをつたって、火みたいにおなかまで落ちていった。すると、父さんの目はすっかりやさしくなって、**会わなきゃいけないよ、おまえと会えなくてさびしがってるとか、そんなに遠くに住んでるわけじゃないんだから**という。いっつも同じことをいうから、その言葉はもう脳《のう》のなかをぴょんぴょんはねまわってる。わたしは、両手で耳をふさいだ。父さんは、十一歳《さい》の前の晩《ばん》をだいなしにしている。

そうして真夜中までたき火を囲んでいると、父さんがぼろぼろの古い腕時計《うでどけい》をのぞいて、ふたりでわたしの歳《とし》を空にさけぶ時間だといった。父さんといっしょにたき火のまわりで踊《おど》りながら、わたしはまた、毛皮と皮の服を着た大昔の冒険家《ぼうけんか》の女の子になる。月光がわたしたちといっしょに踊り、なにもかもこの世のものとは思えないほど美しい。父さんが、また腕時計をのぞいて、大声でいう。**オクトーバー、オクトーバー、おまえはいま十一歳と十秒、十一秒、十二秒、十三秒、十四秒……**。父さんったら、十二歳になるまでつづけるつもりなの。すると、父さんはさけぶのをやめ、踊るのもやめて、オーバーの深いポケットを探《さぐ》ると、くしゃくしゃの茶色い紙でつつんだものを引っぱりだした。明るい、オレンジ色のひもで結んである。畑で育てている野菜のつるを、竹の支柱《しちゅう》に結びつけるときに使うひもだ。**誕生日おめでとう、おちびちゃん。**

おちびちゃんのところは聞こえなかったことにして、結び目をほどく。きつく結んであるから指がいたくなったけど、とうとうほどけて、茶色い紙がタマネギの皮みたいにはらりと落ちた。なかに入っていたのは、黒い皮手袋《かわてぶくろ》。でも、片方《かたほう》だけ。やわらかいけど、とてもじょうぶそうだ。父さんは、わたしの顔をじっと見ていった。**おまえとスティッグへの贈《おく》り物《もの》だよ。スティッグがおまえの手から飛びたつことをおぼえたら、手の皮膚《ひふ》がかぎ爪《づめ》で傷《きず》つかないようにね。ちゃんとしたタカの訓練士《くんれんし》は、みんなこれを持ってるんだ。**

手袋をはめると、皮膚が、もう一枚《まい》できたみたいだ。

きのうの晩《ばん》は、ずいぶんおそくまで起きていたから、目がさめると、すっかり丸くなった太陽がこずえの上にいる。スティッグがネズミをくれと、怒《おこ》って鳴いている。父さんが、わたしのお気に入りのマグカップに、熱い牛乳《ぎゅうにゅう》を入れてくれた。牛乳をすすったけど、ちょっとばかり熱すぎる。わたしはちょうど、ホットチョコレートが出てくる本を読み終わったところ。ホットチョコレートの上には雲みたいにあわだてたクリームがたっぷりのっていて、ねばねばしたピンクと白のマシュマロが散らしてあった。ホットチョコレートは飲んだことがないし、あわだてたクリームもマシュマロも食べたことがないけど、今日の牛乳はお砂糖《さとう》たっぷりのホットチョコレートみたい。

　誕生日《たんじょうび》にはいつも木を一本植えることになっているので、外に出る服に着がえる。わたしが生まれたときに父さんが植えたオークは、いまではわたしの背丈《せたけ》をこえたけど、まわりの何百年も何百年も年をとったオークの木にくらべると、まだまだちっちゃい。

今年は、シダレカンバを植えてもらいたい。木肌《きはだ》が、月光みたいにかがやくから。シダレカンバは十一月にならないと植えられないけど、十一月はすぐそこまで来てるから、**お願い、お願い、お願い**と、わたしはたのんだ。

スティッグを、きらきらかがやく朝のなかに出すと、地面をちょんちょんはねて歩きまわり、飛ぼうとして、かぎ爪《づめ》でつんのめる。でも、まだ飛び方は知らないし、身体も飛ぶ姿勢《しせい》にはならない。ふわふわの羽をぶるっとふると、またかぎ爪でぴょんとやってつんのめる。わざと転ぼうとしてるみたいで、父さんとおもわず笑ってしまったけど、スティッグに聞こえないようにそっと笑っただけ。

父さんとふたりで、日光がとどく場所に穴《あな》を掘《ほ》る。シダレカンバは、日光がすきだ。ほかの木にあまり近くない場所だから、思いっきり枝《えだ》を広げ、ぐんぐん背をのばし、のびのびと育つはず。スコップを固い地面に入れ、地震《じしん》で地割《じわ》れしたみたいな裂《さ》け目《め》を入れて掘っていく。わたしは遠く離《はな》れた小島にいて、足もと深く埋《う》められた、はるか昔の宝物《たからもの》を掘っているところ。その秘密《ひみつ》の宝箱には、不思議な謎《なぞ》がいくつも入っていて、わたしはその謎を解《と》きながら世界じゅうをめぐってはもどってきて、失われた魔法《まほう》のネックレスを探《さが》す。真珠《しんじゅ》みたいな雨粒《あまつぶ》でできたネックレスを身につけると、わたしも魔法そのものになれる。

じゅうぶんに深く掘《ほ》ったら、まず肥料《ひりょう》を入れなければいけない。肥料というのは、くさった食べ物と野菜くずだ。父さんはくるりとふりかえって、持ってきたはずの肥料袋《ひりょうぶくろ》を探《さが》してたけど、まだ物置のどれかに置いたままだとわかって、ドシドシと探しにいった。わたしは、足もとにぽっかり口を開けた、真っ暗な宇宙《うちゅう》をのぞきこんだ。

ひざまずいて、じっくりと見まわすうちに、血管《けっかん》のように広がった根っこのあいだに、大理石みたいな筋《すじ》やもようが入った小石がいくつかある。ぺしゃんこにつぶれた弾丸《だんがん》もあったけど、肉と骨《ほね》のあいだをひゅっと通って爆発《ばくはつ》し、命をうばうようなものはさわりたくない。ジグソーパズルのピースみたいな陶器《とうき》のかけらや、錆《さ》びたびんのキャップでふちが歯みたいにぎざぎざしているのもある。ざらざらした土を指でさぐって、もっと宝物《たからもの》を探す。

そしたら

なんと

深く、深く、探《さぐ》っていくうちに

魔法《まほう》のものが

見つかった。

最初から、ちゃんと見えたわけじゃない。泥《どろ》がかたまってこびりつき、光ったりかがやいたりしていないから、土のかたまりにしか見えなかった。だけど、宝探しのベテランのわたしは、すぐになにかがあるとわかってそのあたりの土を両手で押《お》してみた。たしかに手のひらにふれたものがある。それを穴《あな》から取りだして、土をはらったり泥をこすったりしたら、真ん中の土が落ちて、まん丸な輪が手のひらにのこる。

指輪だ。

指輪を見つけたことは一度もない。ときどき、ブローチかなと思うと緑の小枝《こえだ》だったり、目のはしできらっと光ると小鳥がぬすんできて落としたキャンディのつつみ紙だったり、ちかっとすると真珠《しんじゅ》みたいにすべすべしたガラスのかけらだったり。でも、まん丸な輪に、持ってきた水をかけたら、金色に光るところが出てくる。こすってみたけど指も泥まみれなので、家に走ってもどり、流しが真っ黒になるまで指輪を水で洗《あら》った。

細い金の指輪で、わたしの指には大きすぎる。内側がでこぼこしていて、なにか彫《ほ》ってあった。早くこの指輪の物語を語りたいと思うと、心臓《しんぞう》がドキドキして跳《と》びはねる。いままでいちばんすばらしい物語になるはず。こっそり胸《むね》のなかで形を作ったり直したりして、完全な物語に仕上げたら、父さんに火のそばで語ってあげる。森がわたしに誕生日《たんじょうび》のプレゼントをくれたみたい。

父さんがもどってきたけど、まだ物語ができていないから、指輪はポケットに隠《かく》した。物語を作りあげたら、それはかがやくほどすばらしいものになって、父さんとわたしのまわりをすっかりちがう世界にしてくれるだろう。

父さんに手伝ってもらって、シダレカンバの若木《わかぎ》を穴《あな》に入れ、土をもどした。木肌《きはだ》はまだ銀色じゃないし、ほんとうにやせっぽちで、ひょろひょろ風にゆれている。じゅうぶんに育ったら、シロナガスクジラくらい大きくなって、そばに立つわたしはとっても小さくなったような気がするはずだ。

黒ずんだ土の最後を木の周囲にしっかり入れてから、父さんは**オクトーバー　11**とだけ書いた小さな目印を土に差しこんだ。こうしておけば、誕生日の木だとすぐにわかる。葉っぱをなでてから、ぴょんぴょんはねているスティッグに口笛を吹《ふ》く。よろけながらやってきたスティッグに、これはわたしの誕生日の木で、来年はあんたの木も植えてあげるといった。それから、わたしたちのまわりにぐるりとある、小さな目印をつけた若い木を指さして教える。最初の何年か、父さんは一年に六十センチくらいのびるトネリコの木を植え、いまではどの木も空にとどくほど大きくなっている。**オクトーバー 1**、**オクトーバー 2**、**オクトーバー 3**、**オクトーバー 4**。どれもこれも、トネリコ、トネリコ。そばにあるサンザシとニレは、**オクトーバー 5、6、7、8**。**9** と **10** は、リンゴの木だ。わたしはスティッグに、来年はオークの木を植えてもらいたいと話した。**オークは、強い力を持ってるからね**。そう口に出したとたん、ポケットに隠した指輪がずしんと重くなる。

そのとき、風のなかに
ゴロゴロいう音が聞こえ
小石がはねとび、地面がギシギシと鳴り
うなり声につづいて
ブルブルという音が。

父さんも顔を上げて、**ここで待ってるんだよ、オクトーバー、オクトーバー**といい、スコップを持ったまま、木のあいだを大またで歩いていく。わたしは、森の木々のなかに、スティッグと取りのこされた。音はもうやんでいて、小鳥の歌と、風のなかで枝《えだ》がさわぎ、葉っぱがため息をつくのしか聞こえないけど、シダレカンバみたいに身体がふるえ、足が地面に根をはやして動けない。

ああ、こんなのは、だいっきらい。

手紙は
誕生日《たんじょうび》だから
驚《おど》かせようと思ったわけじゃなくって
会ってくれるかしら
なんとか、やってみるよ

姿《すがた》を見る前から、声が聞こえる。とぎれとぎれだけど、ひとつは知っている声で、もうひとつは知らない声。その声も知ってるかもしれないけど、深い水の底から聞こえてくるなにかみたい。父さんがだれかとしゃべっていて、ふたりでこっちにやってくる。いっしゅん、どうやって走るのかわからなくなり、隠《かく》れるところがどこにもなくて動けない。

森の木々のカーテンをぬけて、ふたりがあらわれる。父さんといっしょにいる女のひとは、濃《こ》い色のカールした髪《かみ》が肩《かた》に垂《た》れていて、コートはなんだかやわらかそうな真っ赤な布《ぬの》でできてるけど、泥《どろ》や雨は防《ふせ》げそうもない。黒いゴムの長靴《ながぐつ》は、ぴかぴかできれいだ。そのひとが持ってる箱のきらきらのつつみ紙を見たとたん、町で見た女の子たちのティーシャツを思いだした。ポケットのなかの秘密《ひみつ》の指輪をぎゅっとにぎると、ふちが手のひらに食いこんで、燃《も》えるようにいたい。女のひとの、箱をにぎっている指の一本に、白っぽい灰色《はいいろ》の、けむったような丸い石の指輪がはまっていて、頭のなかでその石の名前をささやく声がしたけど、その声はどこから来たんだろう。**ムーンストーン**。**月の石**。

そのひとを見ていると、望遠鏡をさかさまにのぞいているみたいで、時間と頭のなかの思い出をぎゃくにたどっているようで……。

池の水にぬれ、凍《こお》りついてばりばりのカールになっていた、あの髪。

日光を受けて壁《かべ》に反射《はんしゃ》していた、あの指輪。

指輪に手をのばしたわたしに、これはお月さまでできてるのよといっていた、あの声。

その声はあわだちながら、皮膚《ひふ》を通ってわたしの脳《のう》に入りこみ、ビューッ、**パチン**とはじけて記憶《きおく》に結びつく。

カールした濃い色の髪の、赤いコートの、黒くてピカピカの長靴の、ムーンストーンの指輪の、きらきらしたプレゼントのあのひとは、わたしの母親だ。

そのひとがこっちを見て、にっこり笑ったとたん、その笑いがわたしのなかで爆発《ばくはつ》し、わたしは四歳《さい》になって、銀色の車に乗りこむそのひとを見ていて、みんなが泣いていて、そのひとはわたしにすぐに会えるから、なにもかもだいじょうぶ、いままでとちょっとちがうけどだいじょうぶよといっている。それから、銀色の車のエンジンがせきこむような音を出し、タイヤがしずしずと小道を進み、わたしの胸《むね》は、はりさけそうになっている。

わたしは、母親とかいうひとをじっと見た。

そして、足が地面から離《はな》れる。

そして、走りだす。

足が小道の枯葉《かれは》や、土や、くしゃくしゃの草をたたきつづけ、肺《はい》から出る息が荒《あら》くなり、父さんのさけび声が、つぎにスティッグが小さくビーッと鳴くのが聞こえるけど、息が止まっても走りつづけてやる。父さんも走って追いかけてくるから、地面が長靴《ながぐつ》の重みでふるえる。上へ上へ登って、消えてしまわなくては。

幹《みき》に手がこすれて、皮膚《ひふ》が悲鳴をあげる。わたしを追って登ってくる父さんが、やめろとさけび、その声を葉っぱがからめとる。父さんを見ようと下を向くと、目のはしに木の根もとに立っているそのひとが見えたから、空に向かって登りつづける。身体をのばしては丸め、手をのばしては曲げているうちに、いままで登ったことがない高いところまでたどりついた。太陽を指先でなで、雲を吸《す》いこむことができるところまで。

父さんの息づかいはどんどん大きくなり、胸《むね》のなかがまわりの枝《えだ》のようにギシギシ鳴っているのが聞こえる。父さんの言葉は、はじけたように、とぎれとぎれになる。

オクトーバー

**　　オクトーバー**

そんなに上にいっちゃ
だめだ
あぶないよ
自分で、下まで
おりられる

**　　　か？**

もちろん、おりられる。わたしはジャングルの少女で、木のつるをにぎって宙《ちゅう》を飛び

それから……

物語のつづきが見つからない。

また、ちょっとだけ上へ登る。わたしは登山家で、いるかどうかわからない古代の獣《けもの》を探《さが》している。

その物語も消えてしまい、わたしは地上三百メートルの空中にいて、下には危険《きけん》が、上には薄《うす》むらさきに変わってきた空だけ。

父さんがさけびながら近づいてくるけど、わたしは頭の上の枝《えだ》に手をのばし、足首でじょうぶな枝を探《さぐ》る。下は見ない。これは木登りのいちばん大事なルールで、だれだって知っている。

登って

息をつく。
登って
登って
登る。
そのとき
木が裂《さ》ける音がして
ギイッという音と
さけび声と

悲鳴と

すさまじい音が

シューッと　落ちていく音が

ドンと　地面にぶつかる音が

そして、音が消えた。


父さんがいたはずのところにあるのは、折れた枝《えだ》と、まだ動いている空気だけ。

心臓《しんぞう》が早鐘《はやがね》を打って胸《むね》がはりさけそうになり、いちばん大事なルールをやぶって下を見た。

父さんは、腕《うで》も足もありえない形で曲げて静かに地面に横たわり、母親とかいうひとがひざまずいて、ムーンストーンの手を口に当て、もういっぽうの手を血のように真っ赤にかがやくコートのポケットに入れて、本物の血も地面に流れていて、そのひとは指で携帯《けいたい》電話の長方形の画面をたたき、しゃべっていて……。がくがくふるえる腕で、わたしは木をおりはじめると、そのひとが、おりちゃだめ、また枝が折れると悲鳴をあげる。

父さんは真っ青な顔をして、ぴくりとも動かず、耳の上に真っ赤な血がにじみ、もっと濃《こ》い血が頭の下の枯葉《かれは》に広がっていく。ゆすって起こそうとしたけど、母親とかいうひとに止められた。**動かしちゃだめなの、オクトーバー、もっとあぶなくなるから。**わたしが父さんを殺したんだとさけびたかったけど、ただふるえながら、燃《も》えてるようにひりひりいたむ両手をまるめてポケットにつっこむ。そのひとは電話を切らずに、ずっと空にかかげて、**もしもし、ええ、わたしは、ここにいます。見つけるのが大変だけど、黄色い標識《ひょうしき》のところを左に曲がって、そのままずっと来てくださると、道はなくなるけど、はいはい、家の前に広い草地があって、ええ、そんなに小さな家じゃなくって、だけど、お願い、早く来て、はいはい、まだ息はしてます。**

　そのひとがいい終えたとき、わたしは肺《はい》からシューッと息を吐《は》いた。そんなに息をつめていたなんて思わなかったけど。それから、くたくたとひざをつく。

五秒後か、五分後か、もしかして五年後かも。ヘリコプターが空をぐるぐるまわってから、空気を引きさく大きな音で吠《ほ》えながらうちの前の草地に着陸し、オレンジ色のひとたちがつぎつぎに目の前にすべりこみ、わたしは腕《うで》と音と立てつづけの質問《しつもん》で押《お》しのけられる。

どこから落ちたんですか？

落ちたのは、いつ？

意識《いしき》がもどったことは？

息はしてました？

後ろに下がって、下がって。

立ち上がって後ろに下がると、母親とかいうひとが手にふれてくる。すぐふりはらって、オレンジ色の海のなかに目をこらしたけど、父さんの姿《すがた》はまったく見えない。森のなかにこんなにおおぜいのひとがいたことはなく、時間をうばって、父さんのすきな曲を入れたプラスチックのテープみたいに巻《ま》きもどしたい。今日という日が巻きもどされて、オレンジ色のひとたちが浮《う》きあがってヘリコプターにもどり、父さんが宙《ちゅう》を飛んであの木にもどり……だけど、巻きもどしたくない。なにもかもふきとってきれいにしてから、また録音したい。

オレンジ色のひとたちが持っている機械の、ピーッ、ビーッ、ピンッという音を聞いたら、おなかがよじれそうになった。スティッグのことをまったく忘《わす》れていた。あの子はまだ父さんと誕生日《たんじょうび》の木を植えたところにいる。いまもまだわたしの誕生日なの？　時間がうずをまいて、ゆがんでいて、もう夜中を過《す》ぎて、まるごと次の日になったのかもしれないけど、月を見た記《き》憶《おく》はない。

ここにくぎづけにされ、同時にここから引きさかれようとしているわたし。早くスティッグを探《さが》しにいかなくちゃ。いや、ここに父さんといっしょにいなきゃ。じゃなくて、母親とかいうひとから離《はな》れなきゃ。けっきょく、わたしは木みたいに根をおろしてしまい、石にささった剣《けん》みたいに動くこともできず、目の前の、悪夢《あくむ》のような物語がくりひろげられている場所から目を離すことができない。

そのひとに、また手をふれられたとたんに呪文《じゅもん》が解《と》け、足のまわりの石をはねちらかして、木の間を走った。

スティッグは、すぐに見つかった。泥《どろ》のなかで光っている、きらきらのプレゼントのうしろに隠《かく》れている。なんて場ちがいのプレゼント。母親とかいうひとにそっくりだ。すぐにスティッグを見つけられるなんてラッキーって思ったとたんにバカだね、今日はラッキーなことなんかひとつもないのにと自分にいった。スティッグをだきあげてセーターの胸《むね》にかかえ、いっしょにふるえながらピカピカのオレンジ色のところまでもどる。

　母親とかいうひとは、真っ青な顔をして、パニックになっていて、たぶんかんかんに怒《おこ》っている。口を開いたとき、どなられると思ったけど、かわりに**こんにちは、スティッグ**といいながら指を一本のばして、スティッグのいちばんやわらかい羽毛をなでると、スティッグは満月みたいな目を閉《と》じて、かみつこうとはしなかった。

　オレンジ色のひとがひとりやってきて、フクロウをだいてふるえている女の子なんて見たことないと思っても顔にはあらわさずに、**ヘリコプターに乗せてもだいじょうぶそうなので、これから運びますが**という。**車をお持ちでしたら、また病院でお目にかかりましょう。**それから、母親とかいうひとと話しはじめるから、これは**父さんとわたし**のことだよ、わたしたちの仲間みたいな顔をして、すらすらと決めていくこのひとには関係ないのってさけびたい。

病院に向かう車のなかで、母親とかいうひともわたしもひとこともしゃべらず、物音もたてなかった。スティッグまで、静かにしていた。

病院は、いままでいったなかで最悪の場所だ。ペットショップのほうが、照明も音も、なかにいるひとたちも匂《にお》いも、よっぽど魔法《まほう》に満ちていて、なにもかもぼおっとかすんでいて、やわらかくて、安全だったかも。ぎらぎらの照明が目を焼いてなみだがにじみ、騒音《そうおん》が通りぬけることができない壁《かべ》になる。匂いが脳《のう》のなかに広がると、スティッグに手をつつかれたとき、父さんがちくちくしみるものを傷《きず》につけてくれたのを思いだし、あれはまるで別の世界のできごとのようで、いまいるこの世界は、すごくまちがってると思った。母親とかいうひとは、わたしの手をひっぱって、話し声とさけび声と照明のなかを歩きながら**エズラ・ホルトを探《さが》しているのよ、どこにいるんでしょう**と父さんの名前をいっているけど、知らないよ、わたしが知ってるわけないじゃない。そのとき、自分が目をつぶっているのに気がついて目を開けると、そのひとは青いパジャマみたいなものを着ている女のひとと話をしていて、それからまた悲鳴がうずをまいている廊下《ろうか》を通っ

て、ちくちくする椅子《いす》のある部屋に連れていかれる。壁に〈**つかまえて、ゴミ箱に捨《す》てて、殺しましょう**〉（感染《かんせん》を防《ふせ》ぐために、鼻をかんでバイキンをつかまえ、ゴミ箱に捨ててから、手を洗《あら》って殺菌《さっきん》しましょうという意味）と書いたポスターが貼《は》ってある。わたしはセーターのなかのスティックをぎゅっとだきしめた。

青いパジャマのひとが、**ほかの者がすぐに来ますから**といって出ていくと、部屋のなかはふたりだけになり、沈黙《ちんもく》が百万年つづく。

母親とかいうひとがこっちを向いて手をのばすと、ムーンストーンが照明を受けて天井《てんじょう》に反《はん》射《しゃ》し、わたしは身をすくめた。**誕生日《たんじょうび》に、一度だけでも顔を見たいってずっと手紙を書いていたけど、一度も返事をくれなかったから、会いたくてたまらなくなったのよ。**

森の周辺をしのびあるくキツネみたいに歯をむきだしてうなってから、さっと離《はな》れる。腹《はら》が立つと、こんなにも血管《けっかん》という血管がはげしく脈打《みゃくう》つなんて知らなかった。そのうちに怒《いか》りが血管を溶《と》かし、身体のなかが真っ黒になるかも。わたしは別れてから七年間ではじめての言葉を吐《は》く。

なにもかも、あんたのせいだ。

いつまでも　いつまでも　いつまでも　待った。

じーんと鳴っている照明。

目を焼く真っ白な壁《かべ》。

つーんと鼻を打つ空気。

そのひとと、わたしのあいだの沈黙《ちんもく》。

永遠《えいえん》につづいた時間のあと、お医者さんが来て**手術室《しゅじゅつしつ》を出られましたよ**といい、出血していて、骨《ほね》がくだけて裂《さ》けてばらばらになっているとつづけた。母親とかいうひとが、青いノートに万年筆でメモをとると、雪のように真っ白なページに、もれたインクが血みたいに垂《た》れる。お医者さんはしゃべりつづけるけど、言葉が長すぎておしまいまでついていけず、父さんに会いたいと告《つ》げると、わたしのほうを見たお医者さんがフクロウを見つけ、スティッグよりまん丸な目になって、病院にフクロウを連れてきてはいけないといい、**フクロウを連れてくるなんてとんでもないわ**というから、わたしはまた泣きだし、泣いちゃだめって思っても、なにもかもはじめてのことばかりだから、どうしても無理。森に帰りたい、父さんに会いたい、木にぐるりと囲まれたい。母親とかいうひとが、**スティッグをちょっと散歩に連れてってあげましょうか**というから、スティッグは犬じゃないといいかえし、**あんたなんか世話の仕方も知らないくせに、どうするのがいちばんってことも知らないくせに**とつづけていると、お医者さんはとっくに部屋から出ていっていた。

そのひとが自分のマフラーをとって、わたしの首にかけるから、いやだとさけぼうとしたけど、気がついた。セーターのなかでもぞもぞしているちっちゃなスティッグが見えないようにしたんだ。

父さんは、ビービーいう器械につながれていた。黒い画面に心臓《しんぞう》の鼓動《こどう》が緑の線で記され、呼吸数《こきゅうすう》が数字で出ている。口に入れてあるチューブを通って、息が父さんに入っていき、袋《ふくろ》に入っただれかの血がポタポタと父さんの血管《けっかん》に入っていくから、胸《むね》がむかむかして、父さんの血はどうなったんだろうと知りたくなったけど、父さんの頭から森の地面に輪のように広がっていた血を思いだした。あの血はもう地面にしみこんで、植物の根にとどくはず。

さっきとは別のお医者さんが入ってきて、チューブやコードや袋《ふくろ》の液体《えきたい》やビービーいう器械や画面の数字を調べてから、わたしのほうにふりむいて、父さんは別の手術《しゅじゅつ》を受けなきゃいけないから早く病室を出るようにといったけど、とってもやさしい言い方だった。父さんの手をさわると、嵐《あらし》のあとに見つけたあのフクロウみたいに冷たくてかたい。プラスチックのチューブが父さんの皮膚《ひふ》に埋《う》められ血管《けっかん》につながり、針《はり》で何度もつつかれた跡《あと》に血がにじんでいる。画面に映《うつ》っている数字と、小さくはねる鼓動《こどう》を見ながら、自分にいいきかせる。父さんは、死んでない、死んでない、死んでない。

　母親とかいうひとが、そのお医者さんと話していて、わたしは聞く気もしなかったけど、**オクトーバー、さあ帰りましょう**といったとき、なにをいってたのかちゃんと聞いてればよかったと思った。ふいに、どこに帰るのかわからないと気がついたから。父さんといっしょにいたい。そのことを**大声で、もっと大声で、もっともっと大声で**いってるうちに、空気がどんどん薄《うす》くなって息ができなくなり、まわりの壁《かべ》がどんどん迫《せま》ってきてぎゅうぎゅう押《お》しつぶされそうになって、照明や壁《かべ》を見ないように目を閉《と》じ、凍《こお》りついているはずの足が信じられないくらい薄い空気のなかを動いていき、耳に両手を当ててわめきながら、なにもかも、だれもかれも押しもどそうとしてから、目を開けて耳をすますと、わたしはもう車のなかにいて、父さんにさよならもいっていなかった。

車で森に帰ったとたん、あっ、父さんがうちから出てくるとわくわくしたけど、すぐになんてバカな子だろうと自分で思う。すくなくとも、わたしの木々や、わたしの池だけはある。わたしの鳥も、わたしのキツネも、わたしの植物も、ぽこぽこにふくらんだひじかけ椅子《いす》も、野菜のビニールハウスも、野生のものすべても。ただ、母親とかいうひとが、これから森やうちのなかにいるなんて考えただけで変なことで、そのひとはいままでも、これからもずっと永遠《えいえん》にわたしの人生の外にいなければいけない。わたしが願ってるのは父さんがうちに帰ってきて、なにもかも前と同じになることだけだ。

　ベッドに入るまで、わたしはそのひとに口をきかない。夜中に消えないようにストーブにどっさり薪《たきぎ》を入れてから、朝になってもかごに薪がのこっているように、もっと運びこむ。明日の朝、料理しなくてもいいように、小さな冷凍庫《れいとうこ》から牛《ぎゅう》乳《にゅう》を少しと、シチューののこりも出しておく。父さんも、すぐによくなって食べられるかも。太陽光バッテリーの電力が、どれくらいのこっているか調べる。冬になるといつも、太陽光を取りこむのがむずかしい。

そのひとは、ストーブと薪《たきぎ》の山と発電機と、太陽のエネルギーを魔法《まほう》みたいにバッテリーに貯《た》めておく黄色い大きな箱を見ると、首を横にふり、**こういうことを、もう一度やれっていわれてもできないわね**というから、わたしならできるといいたかったけど、そのひとと口をききたくなかったから黙《だま》っている。わたしを病院から無理やり連れさったひととなんか。ここに来て、なにもかもぶちこわしたひととなんか。

スティッグをだいて自分の部屋に入り、ドアをバンッと大きな音で閉《し》め、その音でふたりとも飛びあがってから、ベッドのキルトの下にもぐる。木や風や煙《けむり》の匂《にお》いがする服のままだけど、もう縫《ぬ》い目《め》には病院の匂いがからみついていた。ドアの外で、そのひとが動きまわる音がするから、両方の耳に指をつっこんで、そんなひとはいないつもりになり、キルトのテントのなかの暗くて暖《あたた》かい空気のなかにすわってすすり泣きがもれるのをがまんしていたけど、しまいには爆発《ばくはつ》して暗闇《くらやみ》のなかでワアワア泣いてしまい、そのひとが森を出ていくときに、わたしの悲鳴みたいな泣き声が空を裂《さ》いたのを思いだした。

まだ、わたしの誕生日《たんじょうび》は終わっていない。

朝起きると、そのひとはもう台所にいて、疲《つか》れて、げっそりした顔をしている。台所は凍《こご》えるほど寒く、石の床《ゆか》をふんでる足の指が丸まった。そのひとがストーブの灰《はい》をきちんとかきだしていないから、煙《けむり》っぽくて、空気が灰色によどみ、そのひとのほおに黒い筋《すじ》が一本ついている。薪の切れはしや燃《も》えかすを火《ひ》かき棒《ぼう》でかきだしながら、ハアハアと熱い息をしてるけど、やり方がまるっきりめちゃくちゃだ。それからストーブのおなかをつつき、ゴオッと燃えあがったので、石の床にしりもちをついている。いっしゅんだけど、世界が止まって静まりかえった。と思ったら、ストーブに向かってさけび、その声になみだが混《ま》じってたから、そのひとがこっちを見ないうちに、自分の部屋にもどる。

そのうちにすごくおなかがすいてきたので、スティッグを連れて、ドシドシ足音をたてて寒い台所にいく。そのひとは口もとだけでほほえみ、わたしに紅茶《こうちゃ》をいれたけど、すごくまずかったので流しに捨《す》てて自分でいれなおしたら、そのひとは苦しそうに両手の指をしきりにからみあわせている。

平たい、ぴかぴか光る電話が鳴り、そのひとがそれを手に、おおいそぎでドアから出て、森のはしにいった。木々が話し声を飲みこみ、そのひとが消える。

スティッグにネズミを一ぴき食べさせると、ぶるっとふるえがきて、世界じゅうにいるのは、わたしとスティッグだけみたいな気がした。

そのひとはうちにもどってくると、わたしにカバンに荷物を詰《つ》めなさいといってから、冒険《ぼうけん》にでも出かけるみたいに、うれしそうに笑う。

カバンに荷物を詰めたりするもんか。うちを出たりしない。自分の部屋に入って、ベッドをドアの前に押《お》していって入れないようにしようとしたけど、重すぎて、手のひらをすりむいてしまう。外から声がするから、聞こえないように耳の穴《あな》に指をぎゅっとつっこむと、ちょっとは効《き》き目《め》があったけど、そのうちに耳がいたくなって、そのひとの言葉が壁《かべ》を通ってふわふわ入ってくる。お願いだからって最初はやさしい声でいってたけど、長いことくりかえしているうちに、どんどんきつい声になってくる。キルトを頭からかぶって思いっきり息を吸《す》いこみ、ずっと**ひとりで**ここにいるとどなった。

ひとりぼっちでここにいて、どうやってスティッグの世話をするの？

あんまりバカなことをきくから、返事しない。

ひとりぼっちでここにいて、どうやって暮《く》らしてくつもり?

最初のより、もっとバカな質問《しつもん》。

オクトーバー、ひとりぼっちでここにいて、どうやってお父さんの病院にいくの?

キルトのテントのなかで、息が詰《つ》まった。三つの質問《しつもん》が頭のなかで、相手のおしりにかみつこうとしてるキツネとウサギみたいに、ぐるぐる追いかけっこしてる。病院に、歩いていけるの? 道がわからないし、車でいっても村より遠い。ランドローバーを運転できるかもしれないけど、足がペダルにとどかないし、ガソリンを買うお金がないし、たぶん法律《ほうりつ》でゆるされてないし、警察《けいさつ》に見つかって刑務所《けいむしょ》に入れられたら、ぜったいに父さんに会えないのでは? わたしは、馬も自転車も飛行機も、ちゃんとした地図だって持っていない。

ほんの少しドアを開けたら、そのひとが立っていた。そのひとの勝ち。

荷物を詰《つ》める。

ポケットを秘密《ひみつ》でいっぱいにする。

すごく腹《はら》が立って、怒《いか》りが骨《ほね》からあふれて血管《けっかん》に流れこみ、皮膚《ひふ》からしみだしてくるのがわかる。わたしのまわりの空間は、怒りの色で染《そ》まる。


冷凍庫《れいとうこ》から保冷剤《ほれいざい》を出し、スティッグの冷凍してある餌《えさ》をバッグに入れていると、母親とかいうひとが、溶《と》けかかったピンクのネズミからさっと目をそらすから、ちょっとだけうれしくなった。もうひとつのバッグに本を詰めこむのを見て、そのひとはなにもいわなかったけど、別のバッグにも入れはじめると、わたしの腕《うで》を押《お》さえて、ロンドンではもっと本を買えるからという。セーターとズボンを放りこんだとき、どのズボンもかぎざきがあって、ぼろぼろなのにはじめて気づいた。なにもかもくしゃくしゃに丸め、とっても、とってもひどいズボンも入れる。そのひとにだめっていう権利《けんり》はないし、このズボンはわたしのものだから。バッグは床《ゆか》に置いたままにして、スティッグの入った箱を片方《かたほう》に、宝箱《たからばこ》をもう片方にかかえて車に乗った。ポケットに隠《かく》した指輪は、冷えきって黙《だま》ったまま。なんの物語もうたって聞かせてくれない。

母親とかいうひとは、わたしを病院から自分の家に連れていく。そのひとの家に。ロンドンの家。都会の家。森から百万キロ離《はな》れた家。みっともなく広がったロンドンの地図を見たことがある。平べったくて、灰色《はいいろ》で、怒《おこ》っていて、もつれていた。父さんはロンドンにいったことがあるけど、せきが出て息が詰まるところで、空の代わりにビル、木々の代わりにビル、鳥の代わりにビルがあったといっていた。

車のひんやりした窓《まど》にほおをつける。車は、信じられないスピードで走っていく。それは**高速道路**というものに乗ったせいで、ほかの車がビューンとつぎつぎに追いこしていくから、わたしはシートをぎゅっ、ぎゅっとにぎって目をつぶり、吐《は》きたいのをがまんした。胃袋《いぶくろ》がひっくりかえりそうなのは、高速道路のビューンという音や、タイヤがうなっている音のせいだけじゃない。窓の外を道路がヒュッと通りすぎていくごとに、一キロ、また一キロ、また一キロと、父さんや森やわたしの居場所《いばしょ》から遠ざかっていくからだ。雨がふりはじめ、窓《まど》ガラスにヒバリの足跡《あしあと》みたいな雨粒《あまつぶ》がついては、さっと風に消されていく。永遠《えいえん》に車に乗っているのではと思っていたけど、ギイッとブレーキの音がしたから、黙《だま》ってるつもりだったのを忘《わす》れて**どうして止まったの**というと、そのひとはびっくりした顔でわたしを見てから、**着いたのよ。ね、あんまり遠くないでしょ**という。ダッシュボードの上で光ってる、小さな四角い時計を見て、頭のなかで計算した。車に乗っていたのは一時間三十七分。

そのひとの家は、何軒《けん》もの家でこしらえたサンドイッチみたいだ。少なくても、二十種の具をはさんだサンドイッチ。同じ赤いレンガがずらっとつながっていて、そっくり同じいくつもの窓が、ほかのサンドイッチの家や、黒ずんだ灰色《はいいろ》のタイヤで傷《きず》がついた灰色の道路をながめている。最初は、長く連なった家が全部そのひとのものかと思ったけど、そういうとそのひとは笑いだし、これは一軒ずつが壁《かべ》で仕切られた家で、テラスハウスと呼《よ》ばれてるというから、その言葉を口のなかで転がしてみる。両側がほかの家とくっついていて、仕切り壁はとなりの家と共通で、ドシドシいう足音や、キャアキャアという笑い声がとなりから聞こえてくると思うと、身体がこわばる。

　部屋は六つあるけど、どれも模型《もけい》の部屋みたいに小さい。あちこち壁だらけで、どこも四角く区切られてるから、チェス盤《ばん》に乗ってるみたい。**リビングルーム**とかいう部屋には、やわらかい灰色のカーペットがしいてあって、スポンジの上か、月の上か、海の底を歩いているような気がする。台所は、床《ゆか》に冷たい四角いものが敷《し》いてあり、明かりがまぶしくて、ぴかぴかの白い戸棚《とだな》があって、ガラスの裏《うら》に描《か》いたレバレットの絵がかざってある。レバレットというのは、一歳《さい》にもならない赤ちゃんウサギのことだ。じっと見てると、そのひとが**かわいいでしょ、お友だちが描いたのよ**といったけど、返事をしない。赤ちゃんウサギは、ガラスの裏に閉《と》じこめられて、おびえているみたいだったから。

そのひとが冷蔵庫《れいぞうこ》を開けて、おなかがすいているかときいてきたけど、首を横にふる。でも、なかを見ずにはいられない。つつみやら、びんやら、チューブやら、びんやらが、ごちゃごちゃに入ってて、よりかかったり、重なったりしている。こんなにたくさんの食べ物は見たことがなくって、きっとどっさり買い物をしたんだと思っていると、そのひとは**あら、そろそろスーパーにいかなきゃ。でも、ヨーグルトとチーズならあるし、たぶんタマゴもあるかも**っていう。どうしてタマゴがあるかどうかわからないのか、ふしぎだ。

台所から見える場所を、そのひとは庭って呼《よ》んでるけど、草も木も野菜畑もなく、がらんとしていて、灰色《はいいろ》の石が敷いてあるだけ。ペンキをぬったテーブルと、冷たい金属《きんぞく》のぐにゃぐにゃした背《せ》もたれのある椅子《いす》が置いてあり、そのひとが仕事をするという、のしかかってくるように大きな小屋がある。庭とかいう場所の大部分はその小屋で、無表情《むひょうじょう》な窓《まど》がまたたきもせずにこっちの家を見ている。庭なんていうけど、ぜんぜん外っていう感じがしない。ここには生きているものが、なんにもない。

ダイニングルームとかいう部屋には、金属のテーブルと椅子がある。壁《かべ》に額《がく》ぶちがかけてあるけど、なかが小さく区切った箱になっていて、ガラスがはまっていない。絵の代わりに、小さな箱のなかに、ちっちゃな物、貝殻《かいがら》とか、ガラスの留《と》め金《がね》とか、銀のなにかのかけらみたいなものが入っているけど、気に入ったと思われたらいやだから、見るのをやめた。暖炉《だんろ》があるから火をたこうと思ってよく見ると、ちっとも本物じゃなくて、煙《けむり》が出ていくところがないし、なかに真っ白なペンキがぬってあって、すすがついた跡《あと》もない。薪《たきぎ》をたいた火がどこにもないから、わたしは寒くてふるえだし、この広い世界のどこよりも、森のうちに帰りたくてたまらなくなった。

せまい階段《かいだん》をのぼったところにトイレとお風呂《ふろ》があって、ここも壁や床に冷たくて四角いものが貼《は》りついていて、白ばかりでつまらないし、壁にヒーターがついてて暖《あたた》めるようになってるのに寒い。**ヒーターというものよ**というから、じっと顔を見てやった。わたしが知らないと思ってるんだろうけど、うちには火で熱くしたお湯で暖めるヒーターがあって、そのおかげでうちじゅうが暖かくなる。すごく便利だ。すると、そのひとは救急車を呼《よ》ぶときに使った平べったい電話を取りだして、これを押《お》しただけでヒーターがつくのだと、わたしに見せる。**薪を割《わ》る必要もないのよ！**　なんて、すばらしいことを教えてやるみたいな顔で。わたしは、薪を割《わ》るのがだいすきだし、火がゴウゴウ燃《も》えるのも、ストーブのおなかが熱くなるのも、だれの暮《く》らしともくっついていない父さんとわたしのうちもだいすきだ。

寝室《しんしつ》もひとつある。つまらない白い壁《かべ》と、つまらない小さな机《つくえ》と、つまらない白いカバーをかけたつまらないベッドと、灰色《はいいろ》の庭が見える窓《まど》と、がらんとした本棚《ほんだな》と。こんな本棚は、まちがってる。これはわたしの部屋で、わたしのすきなように変えてもいいというから、なんてバカみたいなことをいうんだろうと思った。わたしはここでひと晩寝《ばんね》てから、まっすぐ病院にいって、父さんを森のうちに連れてかえり、すっかり治るまで父さんのできないことをやってあげる。そしたら父さんはよくなって、なにもかももとどおりになる。この家にずっといるつもりはないし、すぐにでも父さんをうちに連れて帰るというと、そのひとはわたしの顔をまじまじと見つめて、**オクトーバー、オクトーバー、いい子だからよく聞いて、お父さんはもっと長いこと入院してなきゃいけないのよ**というから、怒《いか》りがこみあげてきて、イバラのトゲにさされたみたいにかっかと熱くなった。よくも父さんのまねをして、オクトーバー、オクトーバーって呼《よ》んだね！　**いい子だから**なんて言葉、投げかえしてやりたい。

台所でスティッグに餌《えさ》をやろうとすると、そのひとは顔をそむけて、目をつぶる。かたく閉《と》じたくちばしに、ねっとりした餌を押《お》しこもうとしていた、あの恐《おそ》ろしい日々が頭に浮《う》かび、もうひとつの心配で肌《はだ》がざわざわしてきた。母親とかいうひとに口をきかず、スティッグを胸《むね》にしっかりだいてドシドシ階段《かいだん》をのぼり、ベッドの足もとにある箱に入れてやった。

寝る前に、白くて冷たいお風呂場《ふろば》で歯をみがく。バスタブは角ばっていて、どこもかしこもまっすぐだから、ぽっこりした形で、足の先がくるっと丸まってるうちのお風呂が恋《こい》しい。なにもかも恋しくて、血管《けっかん》のなかに酸《す》っぱいものがかけめぐっているみたい。母親とかいうひとは、わたしの歯ブラシを見て、洗面台《せんめんだい》の下に入れてあったつつみ紙に入った新しいのを出してきた。わたしがここに来るのを、前もって知らなかったくせに。いらないと首を横にふったのに、流しのすみのカップに立ててある。歯をみがき終わっても、もうここには泊《と》まらないから、わたしの歯ブラシはカップの新しい歯ブラシのとなりには入れず、ぴかぴかで真っ白な流しに、口をゆすいだあわをペーッと吐《は》きだして、水で流さなかった。母親とかいうひとには、ひとことも口をきいてやらないつもり。

ベッドに入った。窓から空が見えるけど、黒、黒、黒で、針《はり》でさしたほどのちっちゃな星さえ雲のあいだからのぞいてないから、どっちが北かもわからないし、星の物語を語ることもできない。

森のうちでは、夜はしーんとしていない。風の音や雨の音、鳥の声や、キツネの気味の悪い悲鳴や、シカの声や、ウサギのさけび声が聞こえる。だけど、この家で聞こえる音はちがっている。にぶくて、つまらない音がひびいてきて、わたしの骨《ほね》をガタガタゆする。車、警笛《けいてき》、さけび声、笑い声。犬が何度も何度も何度も吠《ほ》えて、またさけび声がして、壁《かべ》の向こうからはぶつぶつささやく声が聞こえ、いろんな家の音がガラスやコンクリートにはねかえり、すきまをすべて埋《う》めていく。

そのひとが、入ってきた。寝《ね》がえりをうって壁に顔を向けたけど、それでも、そのひとがベッドのすそのほうにすわったから、ちっちゃなボールに丸まってネコより小さくなったふりをして、つぎにネズミに、それからテントウムシに、つづけてアリに、しまいにノミになって、自分を見えなくする。わたしのかたまりを、本物のネコみたいになでるから、シャーッとおどかしてやろうかと思う。そのひとは、ため息をついてからいった。**最悪の日のなかでも、いちばん最悪の日よね、ごめんね、オクトーバー、ほんとにごめんなさい。あなたに会えないのがさびしくて、自分が爆発《ばくはつ》して、こなごなになってしまうと思うこともあったの、こんなことになるのは、けっして望んでいなかったのに。お父さんが、あなたが生まれる前にちょっとだけロンドンに住んでたって知ってたかしら。だけど、ロンドンの暮《く》らしが耐《た》えられなくって、森に帰って暮らすことになったんだけど、わたしは森の生活が苦しくて……**そのひとは、ちょっと向きを変えてなみだをこらえてから、しぼりだすような声でいう。**あなたに会えて、とってもうれしいわ。**

立ち上がって、わたしのかたまりを見ているのがわかる。部屋を出ていく足音が聞こえたとき、黙《だま》っていようと決めていたのを忘《わす》れて毛布《もうふ》から顔を出し、小さな声でいった。

あんたのこと、憎《にく》んでる。

ひとつひとつの音の先がとがっていて、そのことばが空気を切りさき、ドアの外の暗がりで、そのひとが背中《せなか》をこわばらせたのが見えたから、聞こえたんだとわかった。

壁で光っている時計を見つめると、十一歳《さい》になった最初の日が一分ごとに消えていく。わたしは一年と一日だけ年をとって、怒《いか》りでいっぱいになり、世界がすっかり変わってしまって、ここには夜の鳥もいなければ、こっそり外へ出て木々のあいだにすわることもできない。あの指輪をはめてみたら大きすぎて、関節のまわりでコロコロ音を立てる。父さんに聞いてもらう物語を考えようとしたけど、言葉がちゃんとならばないから、なんにも出てこない。しかたなくカバンからセーターを取りだして鼻をうずめ、煙《けむり》のあまい匂《にお》いを吸《す》いこんで、ここではないどこかにいるつもりになった。

朝になって、スティッグに餌《えさ》をやろうとしたけど、くちばしは閉《と》じたままだ。どれくらい食べればいいかを知るのには、体重を測らなきゃいけないとわかっているけれど、父さんもわたしもやっていなかったから、体重がふえて、おなかがすいていないだけかも。指で羽のなかをこちょこちょすると、太りすぎでもないし、おなかがいっぱいでもない。またマフラーのなかに入れて、そんなに遠くじゃないけど長い大旅行に車ででかけた。母親とかいうひとは、きのうの晩《ばん》わたしがいったことについてなにもいわないけど、あの言葉がふたりのあいだで燃《も》えているのがわかる。

　病院に着くと、父さんはじっと動かず、青い顔をしていて、わたしの父さんじゃなかった。父さんは大男だけど、このひとはちっちゃい。黒い画面には、きのうと同じに心臓《しんぞう》の鼓動《こどう》が線で記されていて、血液《けつえき》の袋《ふくろ》とすきとおった液体の袋が、ポトン、ポトン、ポトンと中身を身体のなかに送りこんでいる。画面だけじゃなくて、本当に身体のなかで心臓が鼓動を打っているかどうか胸《むね》に手を当ててみると、手のひらの下でぴくっぴくっと動くのがわかったけど、もとどおりだいじょうぶだとは思えない。**目をさまして、お願い、目をさませば帰れるよ**とささやくと、なみだがこぼれて、毛布《もうふ》がきらきら光った。魔法《まほう》の力を持った、青緑のいやしの石をいくつか持ってきたので、ポケットから出して枕《まくら》の下にすべりこませたけど、もうカラカラと自分たちの物語を語ってくれず、父さんも目を開けないから、こんなことするのはバカみたい。なにもかも、本当じゃない。

お医者さんが、**しばらくは、こんな状態《じょうたい》ですよ**という。父さんは、薬で眠《ねむ》っているそうだ。**目がさめる前に快方《かいほう》に向かうよう手をつくしていきましょう。**父さんの身体のなかは、いまはジグソーパズルみたいになっていて、骨盤《こつばん》の折れたところをいくつものピンで留《と》めてあり、片方《かたほう》の腕《うで》にはボルトを入れなきゃならなくて、背骨《せぼね》もネジ式のボルトでつながなきゃいけないという。そういうことをお医者さんたちが心配してるんだと思ったら、頭がくらくらして、めまいがした。椅子《いす》にドシンとこしかけたとたん、キイッと鳴き声が聞こえ、はげしい羽音がして、**なんてこった、フクロウだよ**というさけび声がした。床《ゆか》とわたしのズボンは糞《ふん》でよごれてしまい、怒《おこ》ったスティッグはバサバサと羽ばたく。いそいでマフラーで隠《かく》したけれど、もうおそくて、わたしの両手には爪《つめ》にひっかかれたぎざぎざの傷《きず》が二本でき、血がぽつぽつ出ている。

わたしたちは、病室から出された。看護師《かんごし》さんが手にぐるぐると真っ白なほうたいを巻《ま》いてくれ、森にいたらすぐによごれちゃうだろうなと思ってから、きのういわれたことを思いだして、心臓《しんぞう》が飛びだしそうになる。「**病院にフクロウは禁止《きんし》**」。お医者さんのひとりが、**病院に野生動物を持ちこむなんて、とんでもない話だな**と、ちょっとどなるみたいにいうと、ほうたいを巻《ま》いてくれてる看護師《かんごし》さんが黙《だま》りなさいといった。

　母親とかいうひとと病院のなかのカフェにいくと、眉《まゆ》のあいだにしわをよせた顔や、睡眠不《すいみんぶ》足《そく》の目や、心配のあまりペーパーナプキンをいじったり、ねじったりしてる手でいっぱい。そのひとがわたしに飲み物を買ってきたから、プラスチックのテーブルについて、スティッグをひざに乗せて隠《かく》し、灰色《はいいろ》の空の下の灰色の駐車場《ちゅうしゃじょう》をにらんで、そのひとを見ないようにする。口のなかはカンナくずを詰《つ》めたみたいにからからだったけど、カップには口をつけない。ポケットのなかの指輪をさわって指輪が隠している秘密《ひみつ》を思い、森の宝探《たからさが》しのことを思い、夜になると壁《かべ》に映《うつ》るレースのような木々の影《かげ》のことを思い、空に向かってさけぶとかえってくるこだまのことを思い、これ以上完璧《かんぺき》なものなんて、ぜったいに想像《そうぞう》できないと思う。

　車に乗っても、そのひとはすぐに運転をはじめず、わたしのほうも見なかった。なにかいいたそうに深呼吸《しんこきゅう》してるけど、言葉に詰まっている。せきばらいすると、詰まっていた言葉がはがれ、すっごく早く飛びだしてくるから、ほとんどなにをいってるのかわからない。

よくないわ
ちゃんとした環境《かんきょう》じゃないと
病気になるでしょ
野生動物だから
めんどうをみられないでしょ
もっと幸せな
もっと幸せなところに。

そのひとは、スティッグをわたしからうばおうとしている。

そのひとは運転しながら、いまのままでは無理で、それはとっても残念だけど、そのほうがスティッグにとって親切でいいことで、野生の生き物だからロンドンではすくすく育たないし、なによりもスティッグが傷《きず》つくばかりだから、ちゃんとしたことをしてやらなきゃという。
わたしはかっとなって、キイッとさけんで、足をふみならして、わめいて、どうしてそのひとが車を運転しはじめてから話したのか気がついたから、ドアに爪《つめ》を立てて開けようとしたけど、しまいには声とおなじように爪がぎざぎざに、めちゃめちゃに傷ついて、どうやってもドアが開けられないから、窓《まど》に体をぶつけて泣きさけび、そのひとは目をきらりと光らせたまま、ずっと前を見ている。

スティッグをフクロウ保護《ほご》センターに連れていってからも、わたしは獣《けもの》みたいに吠《ほ》えた。なみだが羽を黒くそめると、スティッグはハート形の顔とまん丸な目でわたしを見上げ、男のひとが**この子は、ここで暮《く》らすのがいちばんいいんだよ、なにがフクロウにとっていちばんいいか、ぼくたちは知ってる。きみはこの子を救ったんだよね、よくやったよ、だから今度も、この子にとって正しいことをしなきゃね**というから、わたしは男のひとを見なかったし、スティッグのことも、もう見られなかった。わたしに向かってピーピー鳴いているし、身体がふたつにはりさけそうだ。

センターのひとは、わたしがいつ来てもいいし、スティッグにいちばんいいことをしてあげるっていうけど、スティッグにいちばんいいのは、わたしといっしょにいることだ。ジェフさんという、あごひげを生やして指が何本かない男のひとが、金網《かなあみ》の屋根がある大きな小屋にわたしたちを連れていき、ヒーターや、ワラでいっぱいの気持ちのよさそうな箱や、赤ちゃんフクロウがすきそうなおもちゃを見せ、ここにはいつでも来てくれる獣医《じゅうい》さんがいるし、スティッグがじゅうぶん準備《じゅんび》ができたら、自然のなかに放つという。そうしてやらなきゃいけない、だってスティッグは野生の生き物だし、**ロンドンの寝室《しんしつ》に閉《と》じこめておくより、そのほうがずっといいだろう?** って。

わたしだって野生だし、野生の声ですすりなき、野生の心でいるけど、こうして野生の世界の最後のピースが引きはがされてしまい、百万個《こ》のかけらにくだかれた野生になってしまったから、いまはもう野生の少女とはいえない。

そのひとの家にもどる車のなかで、わたしはひとこともしゃべらなかった。

家に入ったときも、しゃべらなかった。

夕食はパスタがいいかときかれたときも、しゃべらなかった。

ごめんなさいといわれたときも、しゃべらなかった。

そして、そのひとがリビングにいってソファにこしかけると、わたしはガラスの裏《うら》にとらえられてはねている子ウサギをそっとおろし、投げつけてこなごなにした。その子もわたしもみたいにくだかれた野生になった。

ベッドに入りにいって最初に目に留《と》まったのは、やわらかい黒い皮手袋《かわてぶくろ》で、これはわたしのもので、スティッグのものだから、スパイスみたいな匂《にお》いをかいでから枕《まくら》の下に入れた。宝箱《たからばこ》のなかをのぞいたけど、わたしが物語を語ろうとしないから、みんなじっとしたまま黙《だま》ってる。ボタンも、陶器《とうき》のかけらも、粘土《ねんど》のパイプも、ブローチも、骨《ほね》も、なにかわからないけど、きらきらしているものも。それから、金の輪。あの指輪。森で最後に見つけた宝物。これだけ物語がない。完璧《かんぺき》な物語が生まれてから父さんに聞かせようと思っていたのにできなくなってしまい、もうなんにも話せる物語がない。

指にはめたけど大きすぎるから、パジャマのポケットに入れた。小さくなったパジャマだけど、うちの匂いがする。新しいパジャマがベッドの上に置いてあって、ちっちゃなキツネとアキツネもアナグマもあのひとが店で買ってきたものだから、アナグマの刺《し》しゅうがあるけれど、きちんとたたんで机《つくえ》の上に置く。

つぎの日、また病院にいく。そのつぎの日も。それから何日も、何日も、何日も、何日も、何日も。どの日も、そっくり同じ。父さんは動かなくて、冷たくて、ベッドの上で光ってる画面の鼓動《こどう》の線と呼吸《こきゅう》の数で生きているのがわかるだけ。お医者さんや看護師《かんごし》さんが溶《と》けるみたいにそっと出たり入ったりし、器械の規則的《きそくてき》なビーとかシューとかいう音が時間を区切っていく。ベッドのわきにすわっていると、そのうちに母親とかいうひとが帰る時間だといい、いつも飲み物を買い、わたしにもひとつくれるけど、わたしはいつも無視《むし》して、それから暗闇《くらやみ》と静けさのなかを車で帰る。

わたしのじゃないけど、そのひとがわたしのだという部屋にすわってスティッグのことを考え、スティッグは飛べるのかな、それとも、ひとりぼっちにされた重さで翼《つばさ》が上がらないのではと思う。同じ本をくりかえし読んだけど、頭がちゃんと働かないし、物語が生き生きと立ち上がってこないので、四方の白い壁《かべ》にみっしり、みっしり、みっしり押《お》しこめられて身動きもできない。わたしは野生で、檻《おり》に囚《とら》われていて、心が裂《さ》けるほどいたくて、母親とかいうひとが、いままで読んだどの本の言葉にもないくらい憎《にく》くて憎くてたまらない。身体のなかが、怒《いか》りで真っ黒になっているのがわかる。

父さんは、まだ眠《ねむ》っている。すぐにでも、おとぎ話のなかみたいに目をさますのはわかっているし、お話のなかで救いだされるのを待つのがいつも女の子だからだいきらいだったけど、いまはなによりおとぎ話を信じたい。カボチャや紡《つむ》ぎ車《ぐるま》や七人のこびとはあらわれなくても、父さんにはわたしがいて、森に、野生に帰って、いつまでも幸せに暮《く》らすはず。でも、毎日が同じくりかえしで、じりじりと過《す》ぎていき、父さんの目は閉《と》じたままで、魔法《まほう》の呪文《じゅもん》はどこにもなく、わたしはおとぎ話を信じるには大きくなりすぎている。

そのひとが、これからどこか特別なところにいくという。冒険《ぼうけん》だって。魔法《まほう》や宝物《たからもの》でいっぱいのところだって。わたしは顔をそむけ、ポケットのなかの指輪をにぎった。これも秘《ひ》密《みつ》だからうばわれるかもしれないけど、わたしのものだし、ぜったいにだれにもわたさない。そのひとは、自分の部屋に閉《と》じこもってるのは、わたしのためにならないし、頭がおかしくなるかもというので、そのとおりだと思う。わたしの筋《きん》肉《にく》は、木にぶらさがったり、森のなかを全速力で走ったり、きらきら光る池に飛びこんだりして、のびのびと自由になりたいと悲鳴をあげている。こんなところにいたら、どんどん小さくなって、身体のなかのすべてがにぶくなってしまう。

　だけど、わたしが向かっているのは、野生でも自由でもなく、魔法にあふれてもいないし、宝物なんかひとつもないところだ。**地下鉄の駅**まで歩くとちゅうで、そのひとは、ロンドンの下には真っ暗な世界が広がっていて、電車や、トンネルや、ずっと昔に死んだものの骨《ほね》や、隠《かく》された洞窟《どうくつ》や、緊急《きんきゅう》避難所《ひなんじょ》や、秘密の川もあるという。足の下にある秘密の物語をすべて考えると、すぐにでも道路の下に飛びこんで見つけたかったけど、もう物語は身体の奥《おく》の奥まで埋《うず》もれているからできっこない。

地下のホームにおりると、トンネルを金属《きんぞく》のヘビみたいに突進《とっしん》してくる電車の騒音《そうおん》や、真っ黒な線路や、押《お》しあいへしあいしているひとたちのせいで、肺《はい》が動きを止めて息ができなくなる。電車がなにもない暗闇《くらやみ》をビューンと走りだし、わたしは空気を求めてあたりをかきむしって、きたない床《ゆか》に丸まった。みんながこっちを見ているのはわかったけど、かまうもんか。電車はつっぱしり、大きくゆれ、キイッと悲鳴をあげ、速度を落とし、わたしの胃袋《いぶくろ》がでんぐりがえる。ひとが、音が、匂《にお》いが多すぎるし、空からものすごく遠い。そのひとがわたしをだいて立ち上がらせ、ドアのところに連れていこうとしてるのはわかったけど、わたしが大きすぎるから足を引きずってしまう。ドアが開いて、熱い空気がもわっと入ってくると、急いで飛びだしてホームに吐《は》いた。あやうく、車内で吐くところだった。それから、そのひとがだきよせようとするから、押しやって、もがいて、そのひとのほおに完璧《かんぺき》なひっかき傷《きず》を二本作り、酸《さん》素《そ》を求めて闇のなかを地上の日光のなかへ突進すると、そのひとはごめんなさいとささやいた。

タクシーで帰って、冒険は終わった。

世界が地下のトンネルよりもっと暗くなった。

そのひとが、わたしを学校にいかせようとしている。

そしたら、毎日病院にいけなくなるし、ベッドに寝《ね》ころんで森のことを思いだしたり、同じ本をくりかえし、くりかえし、くりかえし読んだりできなくなるじゃない。

学校。わたしの本のなかの学校は、くさった食べ物や、うるさいベルや、子どもたちの足音や、どなりつける先生や、いのこりのお仕置きや、線ばかり引くことや、ヒュッとうなる鞭《むち》や、トイレにいっていいですかときくことや、いってはダメっていわれることや、さあ食べなさいとか、椅子《いす》にすわりなさいとか、立ちなさいとか命令され、ほんのちょっと、数分ぐらいしか外にはいられず、来る日も来る日も同じことがくりかえされる。

そのひとは、わたしには**教育**が必要で、そうしないと自分がやっかいなことになり、それは教育を受けさせるのが法律《ほうりつ》できまってるからで、そのひとも仕事にもどらなきゃいけないというから、わたしはキイキイ、キイキイ、キイキイ悲鳴をあげた。そのひとはわたしをここに連れもどしたいと思って、息が詰《つ》まりそうな街のサンドイッチみたいな家にむりやり連れてきたくせに、今度は遠くに送りだそうとしている。そのひとの**落ち着いて**という言葉がわたしに火をつけ、花火みたいに怒《いか》りが爆発《ばくはつ》して、マグカップや、お皿や、コップをこわしまくり、そのひとは両手をだして飛んでくる陶器《とうき》やガラスをよけてるけど、わたしはこわすのをやめず、しまいになにもこわすものがなくなると、台所のタイルの床《ゆか》で砂糖《さとう》つぼがくるくるまわり、あとにのこったのは、ハアハアいうわたしの息だけ。

そのひとは、一度もさけんだりしなかった。

学校はすごくうるさくて、黒い校門をくぐる前から両方の耳を手でふさいだ。こんなにおおぜいの子どもたちを見たことはないけど、どの子もそっくりで、灰色《はいいろ》のズボンと、青いセーターと、黒い靴《くつ》の同じ子がくりかえし、くりかえし、くりかえしあらわれてくるみたいで、口からも同じ音が飛びだしてる。キャアッとか、ワアッとか、オーイとか、キイーッとか。

ああ、父さんとスティッグに会いたい。首に巻《ま》いたマフラーにおさまったスティッグの重みや、指先でさわる羽毛の感《かん》触《しょく》が恋《こい》しい。わたしたちがうちにいたら、スティッグは木の間を飛びまわったり、薪《たきぎ》の煙《けむり》の匂《にお》いのなかで翼《つばさ》をはばたかせているはず。うちにいたら、わたしは池に飛びこんで、心をぐるりとくるんでいるいやな感じを消しさっていたはず。なのに、いまのわたしは首のまわりや手首をしめつけてくる変てこな青いセーターのゴム編《あ》みを引っぱっている。たっぷりしたセーターと、すりきれたジーンズはだめで、**制服**《せいふく》というものがあってみんなが同じ服を着なきゃいけないなんて、そんなバカみたいな話は聞いたことがない。靴のせいで爪先《つまさき》はいたいし、家から学校まで歩いて五分なのに、かかとにはもう赤い小さなすり傷《きず》ができている。

紺色《こんいろ》の上着を着て真っ赤なくちびるをした背《せ》の高いひとが、わたしたちのほうに来て、片手《かたて》をのばしてくる。**こんにちは、校長のエヴェレットです。あなたがオクトーバーね。なんてめずらしい名前だこと。この学校に入ってくれて、うれしいわ。**まだ片手が目の前にあるので、じっと見つめてからそのひとを見ると、真っ赤なくちびるに浮《う》かんだほほえみがゆがみはじめ、少しずつ消えていく。**先生とあくしゅしなさい**と母親とかいうひとがいうけど、どうしたらいいのか、あくしゅってなんのことかわからないので、骨《ほね》ばった手を両手でつかみ、キツネが獲《え》物《もの》のウサギをふりまわすように左右にふったら、先生の顔からほほえみがすっかり落ちた。

エヴェレット先生は、すばやく笑顔を取りもどしたけど、先生が望んでいたようなことをしなかったのがわかって、うれしくなった。まだ両手がひとりでに左右にゆれているから、ぎゅっとにぎって灰色のズボンのポケットに入れようとしたけど、口が縫《ぬ》いつけられていて入らない。本物のポケットじゃないのを忘《わす》れていた。まったく、バカみたいなズボンだよね。あの秘《ひ》密《みつ》の指輪は靴のなかにしまってあり、そのせいで靴ずれができたのかもしれないけど、母親とかいうひとだけがいる家に置いておくのはまっぴらだ、森のうちの最後のちっちゃなかけらだから。エヴェレット先生は、**じゃあ、あなたは一度も学校にいったことがないのね**と、わたしがそのことを知らないみたいにいったけど、もう全部知ってるくせにと思ったから返事しない。**あなたは、とてもかしこい子だって聞いてるわ**と、先生はおしゃべりをつづけたがったけど、答える必要はない。だって、それがわかってるのは父さんだけだし、その父さんは遠くにいるのに、どうしてこのひとが知ってるわけ？　**新しいお友だちに会いたいでしょう**というから、わたしはまた先生を見上げた。古いお友だちはいないし、ぜったいに新しいお友だちなんかほしくない。それから先生は、わたしと母親とかいうひとを、ぺちゃくちゃしゃべっている青いセーターたちのところに連れていく。その子たちが獲物《えもの》を見つけたキツネみたいにわたしを見るから、足が脳《のう》みそとぷっつんと切れてしまい、ポケットに入れてない両手より、はげしくがくがくとふるえだす。**さあ、仲間にはいってごらんなさい**と先生はいってから、母親とかいうひとに向かって、**子どもたちだけにしたほうが、すぐにお友だちになれるんですよ**と話す。母親とかいうひとがだきしめようとするから、さっとあとずさりすると、そのひとは宙《ちゅう》に浮《う》いた手をおかしなやり方でふってから、餌食《えじき》にされようとしているわたしを置いて、先生と砂利《じゃり》だらけの運動場を歩いていってしまった。

　青いセーターが、わたしを取りかこむ。わたしの皮膚《ひふ》の下に脈《みゃく》打っている血の匂《にお》いをかぎつけたサメの群《む》れだ。じりじり、じりじり輪をせばめ、口を開けて何千というぎざぎざにとがった歯を見せ、骨《ほね》を紙のように引きさいて肉をみじんにきざもうとしている。声がまわりであぶくみたいにはじけ、質問《しつもん》やら、ささやきやら、さけび声やら、数えきれないほどの音が壁《かべ》になって、泳いで逃《に》げることもできない。サメはうようよいるし、隠《かく》れる場所もないし、しかたなく群れに、声に、音に突進《とっしん》してぬけだすことにした。

で

わたしは

走った。

すごい速さで走ったから、筋肉《きんにく》が悲鳴をあげ、風に当たった皮膚がちりちりいたく、肺《はい》がゴウゴウと吠《ほ》える。いく先も見ずに、音と、質問と、子どもたちから、遠くへ、遠くへ、遠くへ。足もとの地面がなくなるまで。

どこもかしこもフェンスで囲われていて、わたしは檻《おり》に入れられて、囚《とら》われて、恐怖《きょうふ》にふるえている。心臓《しんぞう》の鼓動《こどう》が肋骨《ろっこつ》をハチドリみたいにはげしくつつく。さけび声と、わたしの名前を呼《よ》んでいるような音がしたけど、ふりむかない。

木があった。

両手を幹《みき》に置くと、いっしゅん世界が静まった。リンゴの木で、とても年をとっていて、とびきり美しくて、考える前に幹の溝《みぞ》に足をかけたら、わたしの森にいるような気持ちになった。両腕《りょううで》で身体をグイッと持ちあげ、空にさわれるくらいてっぺんまで登って、下のなにもかもとさよならしようと思ったとき

あの出来事が

どおっと押《お》しよせてきた。さけび声、ふいに空っぽになった空気、心臓《しんぞう》が止まるような静けさ、そしてドシンという音。

父さんが落ちたのは、わたしが勇敢《ゆうかん》ではなく、野生ではなかったせい。父さんが落ちたのは、わたしがおくびょうだったから、逃《に》げだしたから、隠《かく》れたから。父さんが百万キロも遠いところでばらばらになっているのも、スティッグがわたしといっしょに野生の森にいられず、ひとりぼっちで保護《ほご》センターにいるのも、誕生日《たんじょうび》からずっと一分、一分がみじめで、そんな時間ばかりが自分のまわりでうずをまいたり、ぐーんとのびたりしているのも、みんなわたしのせい。

両手を枝《えだ》からはずし、そっと根もとまですべりおりて、うずくまる。男の先生が来て、わたしの肩《かた》に手を置き、自転車かなにかみたいにわたしの向きを変えたとき、わたしはされるがままになっていた。先生に校舎《こうしゃ》に連れていかれ、教室に入れられ、机《つくえ》の前にすわらされたときも。

なにもかも、わたしのせい。

わたしは、一日じゅう動かなかった。

ベルが、リンリンガラガラと鳴り、まわりの子が笑い、さけび、遊び、勉強をして消えていく。わたしは、耳を両手でおさえ、ぎゅっと目をつぶり、ロンドンの地下に埋《う》められ、寒さと暗闇《くらやみ》と世界に押《お》しつぶされて、頭のなかで悲鳴をあげつづける。

お昼を食べにもいかないし、みんなが運動場からもどってビスケットをもらう休み時間にも、おしっこをしたくて爆発寸前《ばくはつすんぜん》のときも動かなかった。さっきリンゴの木のところに来た担任《たんにん》のベネット先生が、かがみこんで話しかけてきたときも、わたしの机に練習問題の紙を置いたときも。やってしまったことの重さがわたしを椅子《いす》にくぎづけにして、罪《つみ》が雲になってわたしの上に垂《た》れこめる。わたしを取りかこんでいる雲が、どうしてみんなには見えないのかな。すわったまま、教室の前にかけてある時計を見つめつづけ、針《はり》が三時をさしたとたんに立ち上がって教室を出た。

四日間、同じ日がつづいた。母親とかいうひとが話しかけ、学校の先生が話しかけ、子どもたちが話しかけ、何人かの子は、わたしを囲むあぶくに針《はり》をさして、はじけさせるようなことをいった。

口がきけないんだ

気持ちわるーい

変なやつ

パパが死んだんだって

原始人かよ

こいつ、バカなんだ

でも、先生のだれかが、なにか大事なことをいったらしく、四日目からみんな話しかけなくなった。そして、すわったままのわたしの頭に、ひとつの考えがぶくっと生まれ、どんどん、どんどん大きくなり、しまいにはそのことしか考えられなくなった。**目をさました父さんは、もうわたしなんかいらないっていう。ぜったいに。**

五日目、学校にいったら、いつもとはちがう日になった。

いつもみたいに椅子《いす》にすわり、時計の丸い顔を見つめ、二本の針が帰るまでの時間をはらいおとしていくのを見守る。針がいつもより早くぴゅーっと進むから、もっとゆっくりまわってほしい。いっそのこと時間が止まればいいと願っているわたしを、もっとゆっくり、もっとゆっくりまわってほしい。いっそのこと時間が止まればいいと願っているわたしを、時計がからかっている。今夜、わたしは父さんに会いにいかなきゃいけない。くたびれてるとか、眠《ねむ》いとか、気分が悪いとか、今週のはじめから毎晩《まいばん》いってきたのに、母親とかいうひとは、ぜったいに今日はいかなきゃいけないといった。車のなかで眠れるからとか、どんな頭痛《ずつう》にも効《き》く薬を持ってるから頭がすっきりする、**だいじょうぶよ**だって。

分針《ふんしん》が、ぐるりと一回転。子どもたちが教室に入ってきて、席につく。分針が、また一回転。おしゃべりと、くすくす笑いと、さけび声。三回転め。ベネット先生が、出席をとる。**はい、先生。**わたしの名前のあとは、返事なし。分針は四回転め。

オクトーバー

オクトーバー

オクトーバー

オクトーバー

また、わたしの名前を呼《よ》んでいる。もう出席をとったのに。大きな声で、わたしの名前だけ呼ぶ。そして、もう一度。

オクトーバー

オクトーバー

ベネット先生が、前みたいにかがみこんでわたしの名前を呼んでいた。でも、練習問題の紙も、練習帳も、ボールペンの束も持っていない。先生は、にっこり笑って、**ほら、いってごらんという。**時計ばかり見ていたから、先生の声が聞こえなかったんだ。**図書室に、さあさあ、ユスフといっしょにいくんだ。**

なにがなんだか、さっぱりわからないでいると、となりの席の、やせたひざの、いつも机《つくえ》の下に赤いサッカーボールを持ってる男の子が立ち上がって、うーんとのびをしてから、**図書室まで競走だよ**っていうから、なんだかわからないのにずるいと思いながら立ち上がると、骨《ほね》がバキバキ鳴り、頭が真っ白になってぶるっとふるえてから、ユスフという子のあとをついていく。

教室の外には、子どもたちがむらがっている。青と灰色《はいいろ》のスズメバチの群《む》れが、ブンブンいっている。

短い、白いトンネルを通る。でも、地下じゃない。

日光。

ゴムや汗《あせ》みたいな匂《にお》い。

わたしに近づきすぎる、顔、顔。

手。

そして

本があった。

虹《にじ》のように色とりどりの背表紙《せびょうし》と、紙とインクの匂《にお》い。ぼこぼこした丸いクッションにドシンとすわると、どこをさわってもへこみ、動くたびにカラカラ音がする。どっちの壁《かべ》も本で埋《う》まっている。

ちょっとだけ、森のうちみたい。

ユスフって子が、棚《たな》から手当たりしだいに本を引っぱりだし、足もとで本がはねたり、重なったりする。傷《きず》がついて、ぼろぼろになっちゃうと思っているうちに、言葉がわたしのなかでむくむくふくれあがり、しまいに大きな怒《いか》りのかたまりになって飛びだして、どなっていた。

やめて、本が傷つくじゃない。 すると、ユスフはふりかえって、おまえ、頭がおかしいのって顔で見てくる。

それから、にーっと笑って一冊《さつ》拾いあげると、動物かなんかみたいに指でやさしくなでてからいった。**おまえが人間の言葉をしゃべれるってこと、ちゃーんと知ってたもんね。**

ユスフもクラスのほかの子たちも、わたしがオオカミに育てられたと思ってる。『ジャングルブック』の主人公みたいに。

そう思われてるのって、けっこうすき。

ユスフとわたしが図書室に来たのは、自由研究のためだという。前にあったことなら、どんなことを調べてもいいらしい。ユスフがいうには、**一秒前に起きたことだって、いいってことだよね。**だから、けさ、ユスフが食べたものを研究しようという（チョコレートがけのシリアルだって。聞いただけでゲーッ）。そのあとで、図書室のすみにある**ビーンバッグ**で昼寝《ひるね》しようといった。ビーンバッグ、豆の袋《ふくろ》。さっきすわった、ぼこぼこのクッションのことだ。

　変なことをいってるなと思ったけれど、ユスフは**もう何年も**学校に来てることだし、わたしは来たばっかりだからとなりにすわると、学校じゅうの子どもがふたりひと組になって、特別な自由研究をするんだと教えてくれた。研究が終わったら、学校じゅうの子どもの**集会**とかがあって、みんなの前で発表することになっている。本当にすばらしい研究のときは両親を呼《よ》ぶこともあるっていうから、おなかがぎゅっとよじれた。わたしにとって**両親**っていう言葉くらい、ベタベタくっつきまわってやっかいなものはない。とたんに、わたしは悪いことをしたという気持ちとはずかしさが身体のなかをなめまわり、骨《ほね》をかじる。

集会があったって、ぜったいに父さんは来ない。あんなことをしてしまったわたしのところになんか来るはずがない。

わたしの皮膚《ひふ》から罪深《つみぶか》い霧《きり》がうずをまいて立ちのぼってるのにも気がつかず、ユスフは**大成《だいせい》功《こう》するのって、いっつもすごくふざけた研究なんだよ**とつづけ、クッションからこぼれた豆を天井《てんじょう》に向けてはじきとばした。本当は豆じゃなくて、ちっちゃくて軽くて白い、変なボールだけど。**おまえはふざけてはいないけど、すっごく変わってるし、なんにもしゃべらない。けど、それはおまえがオオカミ語しか話さないからじゃないんだな。**

オオカミみたいに、父さんといっしょに夜空に遠吠《とおぼ》えしたっけ。思い出を飲みこんでから、天井についている黄色いガラス玉を見上げる。ガラス玉が投げかけている光は病気みたいで、とても月光とはいえないけど、あごを上げて遠吠えする。

オ——ン！

その声は、はげしくて恐《おそ》ろしくて、怒《おこ》っていて悲しくて、それだけじゃなく、わたしの思いのはしっこにからまる新しい気持ちもふくまれていて、それはわくわくする気持ちかもしれなくて、音はぐーんとのびて、天井のすみずみまでとどいて、やがて二倍になる。

ユスフも遠吠えしてるから。

ふたりで図書室の月に吠《ほ》えつづけていると、怒った顔がドアからのぞいて**勉強しなさい**といったけど、ユスフとわたしはケラケラ笑いだした。そうしているうちに、悪いことをしてしまったという熱くて真っ黒な気持ちが、**ひゅーん**と脳《のう》のなかにしまいこまれる。

ふたりでビーンバッグに寝《ね》ころび、ユスフが自分の黒い靴《くつ》をぽーんとけってぬぐから、わたしもまねをした。すると**カチン**と音がして、ユスフが**なんの音？** ときいた。

指輪を見せてあげた。ユスフは指輪を天井《てんじょう》の明かりにかざし、細い指先でくるくる回してから、片方《かたほう》の目に近づける。**なんの秘密《ひみつ》かな**といって、今度は日光にかざしている。**おまえ、知ってんの？**　なにをいっているのか、さっぱりわからない。たしかに指輪はわたしだけの秘密だけど、どうしてユスフがそのことを知ってるの？　**内側に書いてある字のことだよ、バカ。字は読めるんだろ？　ていうか、オオカミに読み方を教わってないわけ？**　口を開いて、オオカミはわたしの森にも、この国のどこの森にもいないんだよって教えようとしたけど、ユスフはしゃべらせようとしない。指輪をわたしの目玉につきつけて、**ほうら、見ろよ。**

内側に字がきざんであるけど、すごく小さいから、日光がちょうどよい角度に当たったときにやっと読めた。

敵《てき》にも味方にも　この秘密を知られてはならぬ

秘密。わたしの森の中心に隠《かく》れていた秘密の指輪、その内側にまた秘密が隠れてる。わたしのなかのなにかに火がつき、パチッと火花を散らす。バリッという音と、ふいに空っぽになった空と、父さんが落ちていくヒューッという音のあとで、はじめて散った火花だ。父さんのために秘密の物語を見つけよう。そして、父さんに話してあげれば、物語は完璧《かんぺき》になって、なによりもすばらしいことが起きて、父さんを火のそばで物語を語りあった夜に、焼きあがったジャガイモに、熱い紅《こう》茶《ちゃ》にもどしてくれ、父さんはわたしを憎《にく》まなくなる。わたしを、あのひとといっしょにロンドンに置いてきぼりにしなくなる。

ユスフがしゃべっている。**呪《のろ》いの言葉だったらどうよ**とか、**おれたちで海賊《かいぞく》の宝物《たからもの》を見つけちゃったりしてさ、もしかして願いごとをかなえられる指輪で、千も、いや一万も、じゃなくていっくらでもかなえてくれるかも**なんていって、目をきらきらかがやかせてる。もしかして、わたしよりもっと秘密を知りたがってるみたい。そんなことぜったいに、ぜったいにできないって思ってたけど。ユスフは、指輪の魔法《まほう》のせいでぐんぐん大きくなって、秘密のせいでひゅーっと背《せ》がのびて、ふたりのまわりを質問《しつもん》で埋《う》めつくしている。

ベルが鳴ったので耳をふさぐと、ユスフはあきれたというように目をくるりとまわし、わたしたちの遠吠《とおぼ》えのほうが、バカみたいなベルの音よりずっと大きかったという。それから落とした本を拾って本棚《ほんだな》にぎゅうぎゅう押《お》しこむから、背表紙をきちんとそろえて、きちんとならべた。**休み時間だから、運動場に出ようぜ**といって、ユスフはドアからハチの巣みたいな廊下《ろうか》に飛びだしていく。

ユスフのあとからサメが泳ぎまわってる灰色《はいいろ》の運動場に出たけど、音の壁《かべ》に押《お》したおされそう。うるさい音の向こうから、ユスフがオクトーバーって呼《よ》んだので、声のほうにいくと、赤い、ぴかぴかのボールを持っている。ユスフは歯を一本のこらず見せてにーっと笑ってきいた。

おまえ、サッカーできるか?

やってみたらサッカーができないのがわかったし、ざらざらした灰色の運動場がサメの歯みたいにひざの皮膚《ひふ》をはがすのもわかったけど、新しいズボンに血がにじんできても、わたしは気にしなかった。ホイッスルが鳴り授業《じゅぎょう》とかの時間になると、わたしは遊ぶのをやめたみんなから一億個《おくこ》の質問《しつもん》をきくはめになった。ユスフが、わたしのことをオオカミ語と人間語の両方をしゃべれるといったせいだ。それから、わたしのことを野生の森から来た野生の子だというと、みんなはかっこいいじゃんといい、ひとりの女の子が**じゃあ、いまは森にいけないから、学校が休みの日は一日じゅうベッドにいるわけ?** ときいてくるから、頭のなかが森で過《す》ごしたすばらしい日々のことでいっぱいになった。木に登ったこと、苗木《なえぎ》を植えたこと、枝《えだ》を切ったこと、枯葉《かれは》の上を四輪バイクでむちゃくちゃに飛ばしているときに、ほおにびゅんびゅん当たる風、身を切るような池の水に飛びこんだときのふるえ、夜の鳥の子守唄《こもりうた》……。いま、わたしのまわりのすべてはすっごく大きいのに、毎日がなんて空っぽで、森がなんて遠くにいってしまったのかと思うと、もう少しでなみだが出そう。なんにもいえないので、いつも舌《した》の先に百万個の言葉を乗せてるユスフを見たら、ユスフはにっこり笑って、**オクトーバーは宝探《たからさが》しの名人なんだぞ**といった。

教室にもどると、ベネット先生がデスクから顔をあげて、**オクトーバーとユスフ、きみたちはなんについて調べるんだね**ときくから、おがくずを詰《つ》めたみたいに口のなかがからからになったけど、ユスフがさっと、**おれたち、いろんな時代の朝食について調べます**っていうと、先生はほんのちょっとだけ眉《まゆ》を上げたけどうなずいて、**それはいいね、きみたちはいいコンビだ**といった。

冷凍《れいとう》だったわたしは溶《と》けて、ちょっとばかりまわりが見えるようになり、教室の時計を見つめなくなったから、学校はすっかり別の場所になった。授業は進むのが早すぎるし、おそすぎる。練習問題の紙がわたされ、鉛筆《えんぴつ》をけずり、ベネット先生がみんなに背《せ》を向けて、教室のいちばん前にある白い板になにか書きはじめると、だれかがバカみたいな音を立ててるけど、ユスフと別の女の子がその子たちに鉛筆のけずりかすを投げると黙《だま》る。ユスフのやることは、なんでも正しいと思ってるみたいだ。それから、みんなは練習問題の答えを書きはじめ、静かにやらなきゃいけないのに、もぞもぞ動く音や、鉛筆でガリガリ書く音、指をもぞもぞ動かしたり、足をトントンやったり、靴《くつ》をキュウキュウ鳴らしたり、ささやいたりする音がして、ささやくっていっても、ちっともささやいてなくて、そんな音が全部わたしにはねかえる。

じっとわたしを見てる子もいて、**オオカミ**とか**ヤバンジン**って言葉が、鉛筆《えんぴつ》のけずりかすの匂《にお》いがする空気をふわふわとぬけてから耳にとどく。ベネット先生が、その子たちに片手《かたて》をふると、そういう言葉は消える。先生は、わたしの机《つくえ》の横に椅子《いす》を持ってきて、算数の練習問題をはじめるようにといい、**そしたらきみがどのへんにいるのかわかるからね**といった。わたしがいるのは、教室という檻《おり》のなかだけど、なにもいわずに最初の問題を解《と》いたら、どうやら先生は眉毛《まゆげ》を上げるのがすきみたいで、また片方の眉を上げる。そしてうなずいたから次の問題の答えを書くと、先生が**よくできたね、いい子だ**っていい、わたしは真っ赤になったけど、それはいやだったからではなく、ユスフが**えこひいき**っていったけど、にこにこ笑っていたから、いじわるでいったんじゃないと思う。

手はふるえてたけど、算数の練習問題は満点で、ユスフがぐいっと腕《うで》を押《お》すから、わたしもぐいっとやったら、力が入りすぎてユスフは椅子から落ちた。ベネット先生がやってきて、学校に来て**最初の**週だからしかたないけど、友だちを椅子から落としたらいけないんだよという から、鞭《むち》でたたかれるかもと心配したけど、ハリーって子が、すごく悪い言葉をいったときも白い板に名前を書かれただけだったから、この学校には本に出てくるような鞭はないのかもしれない。

それから図工と理科の授業《じゅぎょう》があって、絵はへただけど、理科は電力の話だから、むちゃくちゃかんたん。しょっちゅう、父さんを手伝って、電池や、発電機や、ソーラーパネルのぐあいを見ていたから。父さんといっしょに大きな電灯《でんとう》をともすだけの太陽の力がのこっているかどうか計算したときのことを思いだして、胸《むね》が苦しくなる。目をさましたら父さんは、わたしを憎《にく》んでいるから、もうぜったいこういうことをいっしょにやらないというだろう。

そのあと、ちっちゃな電池と先がワニの口みたいになった導線《どうせん》を使って、豆電球をともす実験をして、明かりがつくたびにユスフが**ジャーン**という。それから、お昼の時間になって、豆のいやな匂いと、もっといやな匂いがする食堂にいったけど、食べたことのない料理で、すごーくまずくて、そのあとはまたサッカーをした。ユスフが、みんなと大なわとびしようとしつこくいうからズボンのひざにまた血のしみができて、それからユスフに高積雲《こうせきうん》を指して雨になるといったら、最初の太った雨粒《あまつぶ》が落ちてきたときに、ユスフはゲッといって、わたしのことを魔法使《まほうつか》いだといった。ユスフは、もっとおおぜいの子どもたちに雲のことを教えてやれといい、子どもたちがわたしをぐるりと囲んだから、その子たちのセーターがぼおっとかすんで青い海みたいになって、なにをしゃべったらいいかわからないし、こんなにおおぜいにしゃべることなんかできない。ユスフに代わりに教えてあげてとささやいたら、ユスフはあきれて空をあおいだ。そこらじゅうかゆくなって、骨《ほね》まで変になって、じっと見つめてくるたくさんの目を見かえすことができない。かわりに両方の手のひらをじっと見て、縦横《じゅうおう》に走る線を見つめると、交わったところから三角になったり、星になったり、地図になったりしてる。すると、冷たい空気のなかでベルが重たい音で鳴った。その音で、集まっている子どもたちがばらばらになり、わたしは、その子たちが置いていった空間で大きく息を吸《す》った。

昼休みのあとは国語の時間で、図書室にいって選んできた本を読むことになった。一冊《さつ》選ぶのに、すごく時間がかかる。本が多すぎるし、わたしを呼《よ》んでいる表紙が多すぎるし、読んでいない言葉が多すぎるし、知らなきゃいけない物語が多すぎる。キツネの色とそっくりの、火のようなオレンジ色のセーターを着た女のひとが、**一度に五冊まで借りていいのよ**というから、うきうきして図書室を出た。

チクタクいう時計が三時を指して帰る時間になったけど、今日は長いとか、時間が止まってるとかいう感じじゃないし、すっごくたいくつでもない。借りた本と、靴《くつ》のなかの秘密《ひみつ》の指輪といっしょに外に飛びだし、雨でしめった空気を大きく吸う。母親とかいうひとがわたしを待っているところまでいくと、ユスフと、大なわとびをいっしょにしたデイジーっていう女の子が、**さよなら、オクトーバー**と大声でいい、あのひとがにっこり笑っているのがわかった。それから、そのひとは**まあ、大変、ズボンのひざどうしたの**といった。

　これから父さんに会いにいくから、ハツカネズミみたいにおとなしく車に乗っている。なにもかもわたしのせいだと気がついてから父さんのところにいくのははじめてで、なのに学校が楽しくて、自分がやったことをすっかり忘《わす》れていたから、前よりずっとこわくて、みじめで、なんてわたしは悪い子なんだろうと思う。すごくおびえていて、罪《つみ》の重さにつぶされそうになって、車を道路わきに止めなきゃいけなくなって、外に出て、車の煙《けむり》と闘《たたか》っている新鮮《しんせん》な空気を大きく吸いこみ、なんとか吐《は》かないようにした。何週間も何週間も、車と病院とビービー鳴る器械と多すぎる明かりと、わたしに話しかけてくる大人たちのくりかえしで、だれもちゃんとしたひとでもないし、ちゃんとしたこともいってくれないし、なんにもないのと同じだ。毎日がくりかえしと行ったり来たりで、きっかり一秒ごとになにが起こるかわかってるけど、やっぱりチューブやコードを見るのはこわくて。だけど今日は病院に着いてみると、なにもかも変わっていた。

今日は、父さんの目をさまさせるという。
わたしは、まだ父さんに話してあげる物語がない。
それに、父さんがわたしのことを憎《にく》んでいたら？
憎んでいたら、どうすればいいの？

父さんは、背中《せなか》にも腰《こし》にも片方《かたほう》の腕《うで》にも、骨《ほね》を固定するピンが入っていて、まだ歩くこともすわることもできない。お医者さんが背骨《せぼね》が軸方向圧迫骨折《じくほうこうあっぱくこっせつ》したというから、ジクホーコーアッパクコッセツなんて、かぞえきれないくらいの星がきらきらふってくるみたいに美しい音だと思ったけど、本当はよくなるまで長い、長い時間がかかるということだ。

お医者さんがのどのチューブをぬいてから父さんをすわらせ、どこにいるのかを教えて、自分の名前を正しくいうのを聞くまでは病室には入れない。廊下《ろうか》で待っていると、切れ切れのお医者さんの言葉とせきのあとなにかが聞こえ、父さんと凍《こお》りはじめた池に飛びこんだときとそっくり同じ感じがした。

父さんの声。

ちょっとしゃがれた変な声で、もし四輪バイクならエンジンに給油してあげるんだけど、父さんはバイクじゃなくて、目をさましていて、わたしの名前を呼《よ》んでいる。走っていってだきつき、頭を胸《むね》に埋《う》める。ちゃんとだきしめてくれないけど、それはチューブやコードにつながれてるからで、頭をなでてくれるから気にならない。父さんは、わたしを憎《にく》んでなんかいない、父さんはもどってきて、もどってきて、もどってきて、ふたりで森に帰って、また野生にもどって、わたしはロンドンを離《はな》れ、**あのひとから**離れることができる。わたしは、むちゅうになってしゃべりつづけた。

オクトーバー、オクトーバー、あのひとはおまえの母さんだよ。父さんは何度も何度もそういい、その言い方が森にいるときとそっくり同じだったから、父さんとわたしが病院から遠く離れて、おどる炎《ほのお》の前にすわり、ふたりで影絵《かげえ》の人形を作り、夜がマントをさっと広げてわたしたちをつつみこむようすを見ているような気がした。

でも、父さんはふいに頭をかたむけてせきこみ、器械がビーッと鳴りだし、看護師《かんごし》さんが画面を見てベッドからわたしを遠ざけたから、父さんが**いやいや、オクトーバー、オクトーバー、そばにいてくれ**といってくれるのを待ったけど、父さんは苦しい息の下から**そろそろ母さんとうちへ帰る時間だよ、なあ、オクトーバー、わたしはとっても疲《つか》れてるんだ**という。わたしのまわりにまた深くて暗い霧《きり》か靄《もや》が立ちのぼって、どんどんふくらんで父さんとわたしのあいだをふさいでしまう。

父さんは、あの家がわたしのうちだと思ってる。緑のペンキぬりの、木々にいだかれた、ちゃんとしたものがいっぱいある、ふたりだけの木の家じゃなくて。父さんは、わたしをあのひとロンドンに縫《ぬ》いつけ、あんなことをしたわたしから遠く離れようとしている。木から落ちる前の、美しくて、すばらしくて、魔法《まほう》みたいなすべてを忘《わす》れかけている。

　なんとかしなきゃ。わたしのなかのなにかが吠《ほ》え、澱《おり》のように溜《た》まってかたまった。たき火の煙《けむり》につつまれ、真夜中の空に上る炎《ほのお》をながめながら父さんにしてあげた物語のすべてが、わたしのなかでうずまき、火花を散らして、そんな物語をひとつずつびんに詰《つ》めて、すきとおったガラスのなかで物語の色がゆらゆらゆれているのを見ているところが目に浮《う》かぶ。物語はすべて、父さんとわたしを結びつける魔法の呪文《じゅもん》。煙と葉っぱと地面に埋《う》まってる宝物《たからもの》と、わたしのふつふつとあぶくをたてる想像《そうぞう》と、森のなかにふたりで隠《かく》している暮《く》らしでできている。秘密《ひみつ》の指輪。父さんが空から落ちる前、その指輪の物語を話してあげようとどんなにわくわくしていたことか。でも、いまはそれだけじゃだめ。新しい物語でなくちゃ。これ以上ないってくらい、きらきらかがやく物語。いろんなものがすべて詰まった、完璧《かんぺき》な物語。父さんが、煙や葉っぱや森や、わたしたちの暮らしを思いだしてくれる物語。欠けたものがなにひとつない物語で、父さんがわたしをゆるしてくれ、またいっしょに暮らしたいと思ってくれ、ふたりだけの暮らしが最高と思ってくれるような。さもないと、わたしはロンドンにいなきゃいけなくなる。永遠《えいえん》に。あのひととといっしょに。

月曜日に、また父さんに会いにいったけど、すごく長い一日のあとの、すごく長いドライブだった。

母親とかいうひとは、まだたくさん仕事をかかえてて、本当は自分の小屋でやるんだけど病院のカフェでパソコンを打つといったから、わたしはひとりでベッドわきにすわって、父さんに学校の話をする。わたしが悲鳴をあげたことや、世界がこなごなになったことは話さない。図書室のことも、友だちができたかもって感じたことも、せっせっせや大なわとびをしたことも、ユスフとデイジーがわたしのことをかっこいいっていったことも、マリアムがどうしてわたしの名前がオクトーバーなのかきいてきたときに答えられないでいると、じゃあ、あたしは二月生まれだからフェブラリーじゃなきゃいけないっていいだして、みんなが自分の誕生月《たんじょうづき》を名前にするっていったことも。どうして父さんにいわなかったのかな。算数のテストが満点だったことは話した。なぜ満点だったかといえば、父さんとふたりで畑の広さをどれくらいにするか、その畑でどれくらい野菜を育てられるか考えたときと同じ計算方法だったからだ。父さんは、ほとんどしゃべらなかったけど、わたしの手をぎゅっとにぎり、それから短くとぎれとぎれに、大きくなったスティッグをどうやって世話すればいいか、ロンドンのくもった夜空でも、どうやったら星を探《さが》せるか教えてくれる。わたしのせいでスティッグが保護《ほご》センターに入れられたことや、星もいっしょにいなくなったみたいだってことを、説明する言葉が見つからない。だって、わたしがそれをいったら、**あんなことをしたあとでどうなるか、自分でわからなかったのか？**っていわれるかも。

母親とかいうひとがカフェからもどってきたけど、父さんから離《はな》れたくなかったから、足をドスドスふみならす。指を鳴らして関節がパチパチ音を立てると、わたしもパチパチはじけてわめく。

看護師《かんごし》さんが、病室の外にある椅子《いす》にわたしをすわらせ、プラスチックのコップに入った水をわたしてくれ、すごく冷たくて脳《のう》がきゅっとちぢんだから、さけぶのをやめた。看護師さんは、ブルーと白の制服《せいふく》をまっすぐに直してから横にすわり、足をぶらぶらしている。それから、わたしの顔を見ていった。**いい、あんなにさわいだらいけないのよ。みんな、病気がよくなりたいと思ってここにいるんだから。**でも、ちっともいじわるな声じゃなくて、わたしのこわばった肩《かた》に片方《かたほう》の腕《うで》をまわしてくれたから、ほんのちょっとだけどだきしめてもらいたいと思った。頭を看護師さんにつけて、少しだけ身体から空気がぬけると、母親とかいうひとの声の切れはしが病室からさまよいでてきて、だけど父さんの声は、シューシューいう器械の音にじゃまされているし、ネコがニャオと鳴くような静かな声になってるせいでよく聞こえない。

家にいても、とにかくきげんが悪くて
どうしてやったら、いいのかしら
ずっとうちにいられるように
いいえ、そんなことをするのは見たことないわ、一度も
ほんとに、どうしたらいいかわからない
なにから、はじめたらいいのかだって

あの子は
わたしを
憎《にく》んでる

そうしたら、だいじょうぶかしら

そうしたらが、どうしたらなのかわからないけど、どうでもいい。あと五分たったら車にもどって、ひとりぼっちであのひとといっしょに、押《お》しつぶされそうなロンドンの空の下を帰っていくんだから。

車のなかでそのひとは、もうわたしは学校に入ったんだし、自分も働いているから、父さんのところにいくのは毎日じゃなく、一週間に一回から二回、せいぜい三回にしなきゃいけないけど、もうすぐ父さんは治療《ちりょう》を終えたひとが入るリハビリテーション病院にうつることになっていて、そこはそのひとのうちに近いから、もっと何度もいけるかもしれないという。真っ黒な考えがひらめき、いやな声でささやく。父さんが、あんまり病院に来ないでくれってたのんだとしたら？　自分をこわしたのも、ふたりのきずなをこわしたのもわたしだから、父さんは怒《おこ》っていて、憎んでいて、少しずつ身体がよくなってきたから、わたしや、わたしが起こすやっかいごとから離《はな》れて、ひとりで森へ帰るつもりなのでは？　どれくらいしたら森のうちに帰れるかときいたら、そのひとの顔がさっとくもって、**わからないのよ、オクトーバー**という。大人なら、そんなことわかってるはずじゃない。十一歳《さい》なんてだいきらい。だれも、なにも教えてくれないんだから。

一時間三十七分になる前に、車が止まる。わたしは目をつぶり、そのままかたくつぶったままでいた。わたしには、わかっている。人工的な光にぎらぎら照らされて、毒《どく》のある空気でいっぱいのガソリンスタンドに着いたのにきまってる。でも、そのひとはわたしの肩《かた》に手を置いて、**早くしましょう、もう閉《し》まっちゃうから**という。目を開けると、そこはフクロウ保護《ほご》センターで、空まで心が舞《ま》いあがったけど、**ちょっとあの子のようすを見るだけよ**といわれたから、とたんに靴《くつ》のところまで落ちてしまう。

ジェフさんが、スティッグの小屋まで連れていってくれた。外は寒く、空は真っ白だ。スティッグは止まり木にとまって、羽を大きくふくらませているから、寒いんじゃないかと心配になったけど、前より大きくなって、太っていて、羽がとってもきれいだ。**そうだよ、風切り羽がちゃんと生えてきてるからね**とジェフさんがいってから、低くするどい口笛を吹《ふ》くと、スティッグはフクロウの、あの奇妙《きみょう》で魔法《まほう》みたいなやりかたで首をぐるりとまわしてこっちを見る。わたしだとわかったんだ。**ごめんね**と金網《かなあみ》ごしにささやいたら、さっきまで舞いあがって空を飛んでいた心が、またくだけてしまった。

ジェフさんは、スティッグが幸せで健康《けんこう》だといい、わたしが**とびきりすばらしい世話をしたね**といってくれ、すっかり大きくなればスティッグは自然にもどすことができるから、いまはもう一度野生にもどるように訓練していて、それはどういうことかというと、自分がフクロウで人間ではなく、人間は友だちではないことや、どうやって獲物《えもの》を狩《か》って生きていき、自然のなかで暮《く》らしていくかをスティッグに教えているという。

それを聞いたとき、清潔《せいけつ》なジーンズや泥《どろ》でよごれてない靴や、白い半月がくっきり見えるピンクの爪《つめ》や、もつれていない髪《かみ》や、わたしの時間をきざむ時計のことが頭に浮《う》かんで、わたしも野生にもどりたいと思った。

　学校にいくと、ユスフとふたりで図書室にいって、自由研究をしなさいといわれたけど、ちょっと心配になった。ユスフはちっとも勉強する気がないみたいだし、わたしはわたしで、ベネット先生のデスクに鞭《むち》がないかどうか、まだはっきりわかっていない。ユスフはちっとも心配じゃないらしく、ビーンバッグにドシンとすわると、なにかをポケットから出してつつみ紙をむく。砂糖《さとう》のにおいがただよい、ユスフはそのなにかをちぎってわたしにくれ、のこりをほおばる。これなにってきくと、ユスフは口を大きく開けて、かんで、べとべとになったものを見せた。**マースバーも食べたことないわけ？**　口にいっぱい入れたままそうきいてくる。首を横にふると、ユスフは目玉を上に向けて両手をあげ、**おまえは、この世界の人間じゃありませーん**っていうけど、もちろんそんなバカみたいなことはない。わたしはこの世界の人間だ。**食べ物は、狩《か》りでとってくるだけなの**とつづけてきいてくるから、答える前にマースバーをかじると、あまくて、おいしく

て、あったかい。あったかいのは、ユスフのポケットに入ってたせいかも。そうだよ、馬に乗って槍《やり》で獲物《えもの》をしとめたり、さっと両手でつかまえて歯で切りさいたりするのっていおうとしたけど、代わりに野菜のビニールハウスのことや、一年に一度だけ村にいって、ビルさんの牧《ぼく》場《じょう》で買い物をするっていったら、ユスフはマースバーをすっかり口に入れてから、**おれも森に住みたいな。けど、マースバーとチョコレートがけのシリアルがなきゃだめだ**といった。

マースバーを食べ終わってから、ちょっとは勉強しなきゃいけないかもって、なんとか言葉をつなげていう。ユスフは、なかにオレンジ色のトラがはいった透明《とうめい》で変てこなボールを壁《かべ》にぶつけて、知らない歌をうたっているけど、わたしは、みんなが学校でうたってる歌をひとつも知らない。すると、ユスフはふりかえって、**心配すんな、頭を冷やせ、オクトーバー**っていうから、どうやって冷やすのかって思ってたら、**あのさ、おまえの靴《くつ》のなかの指輪は、ポージー・リングだぞ**っていいだす。

びっくりして、えっ、そんな言葉知らないし聞いたこともないって顔をすると、ユスフは笑いだして、**おれだって、ググったんだもん**っていい、肩《かた》をすくめる。ググルってなにかきこうとしたけど、ユスフはもうあっちを向いて、壁にボールをぶつけてる。

ふたりで交換《こうかん》する指輪なんだって

ドン
何万年前とか、十九世紀《せいき》のヴィクトリア時代とか、そのころのものでさ
ドン
で、かならず内側に字がきざんであってさ
ドン
で、ふつうは恋人《こいびと》どうしが取りかえっこして
ドン
ユスフはボールを投げるのをやめて、ゲーッと吐《は》くまねをする。
ドン
けど、そんなんじゃなくって、ふたりだけの秘密《ひみつ》の暗号ってこともあって
ドン
おまえの指輪も、そういう秘密の指輪のかたっぽかも
ドン
どっかにもうかたっぽがあって
ドン
宝物《たからもの》の埋《う》めてある場所が書いてあったりして、そしたら、おれたち大金持ちになれるかも。

心臓《しんぞう》が、ユスフのボールより大きな音でドンドン鳴りだす。もう片方《かたほう》の指輪は、わたしの森の土に埋まってるかも。心臓のなにかが、わたしを森のうちのほうへぎゅっと引っぱる。

もうひとつの指輪があれば、完璧《かんぺき》な物語が本当にできる。まだ物語を見つけられなかったのは、そのせいだ。ふたつめの指輪を見つけさえすれば、父さんにその物語を話してあげ、わたしの罪《つみ》は洗《あら》い流《なが》されて、父さんとまたぴったりいっしょになれる。病院のベッドにこしかけて、父さんにふたつの指輪を見せながら、森や、フクロウや、開いたオークの葉っぱの裏《うら》と表みたいな、ふたつに割《わ》れた栗《くり》の殻《から》みたいなふたりの話をしたら、父さんはわたしたちの森と、わたしと父さんのことを思いだして、ふたりが離《はな》れていてはだめだと思ってくれる。

でも、わたしが森へもどれる方法などなく、両手の指が父さんに話してあげる物語を探《さが》して見つけてあげたくて、むずむずしはじめた。

図書室を出てもユスフはちっとも変わらないけど、わたしはいつも別の子になってしまう。ユスフは、ほかの子のあいだを水みたいに動いていく。みんな、ユスフがおもしろいことをいうと笑いだし、ユスフに気にいってもらいたがって、いっしょに遊ぼうとさそい、ユスフはジグソーパズルのピースがぴたりとはまるみたいに、どの子の仲間にも入っていく。ハリーみたいに、乱暴《らんぼう》な言葉をいってホワイトボードという白い板に名前を書かれたり、サッカーのときにほかの子を押《お》したりするような子も、ユスフとなかよしになりたがる。

わたしは、石だ。森のなかでは、風のように木々のあいだを走っていたけど、ここでは筋肉《きんにく》も腱《けん》もかたくなり、口から出る言葉はぎざぎざでするどくとがってる。どうしたらおしゃべりしたり、クスクス笑ったり、遊んだりして仲間になれるのかな。前は、仲間なんかになりたくなかったし、わたしのことを父さん以外のだれかがどう思ってるかなんて、どうでもよかったのに。友だちなんか、ぜったいにいらなかったのに。

学校のほかの子たちは、わたしと距離《きょり》をとっていて、前みたいにどっさり質問《しつもん》をしたり、遊びにさそったりしなくなった。わたしはみんなのぎりぎりはしっこにいて、いまにも落っこちそうだ。

ユスフを見ていたら、百枚《まい》もの青いセーターと、ボンボンはねるサッカーボールに取りかこまれているのに、ふいにさびしくてたまらなくなった。


土曜日、学校にいかなくてもいい日だと気がつかず、バカみたいな青いセーターを着て、いたい靴《くつ》をはき、ダイニングのテーブルについて、あのひとが置いてくれたタマゴ乗せトーストを食べたら、両腕《りょううで》に寒気が走る。黄身はどろっとしてぺしゃんこで、森にいたときに食べていたビルさんのニワトリの、ちっちゃな丸っこい金色の黄身とはちがう。ビルさんのタマゴの黄身は、フォークを入れるとお日さまの光みたいにはじけた。ここのタマゴの黄身は、ゴムみたいな灰色《はいいろ》で、味がしない。灰色、なにもかも灰色。

母親とかいうひとが、庭にある大きくて、のしかかるような気味の悪い小屋からでて、家に入ってくる。両手に黒いものがついていて、なにかの匂《にお》いがした。きつくて、さびっぽくて、鉄みたいなゆたかな匂い。にっこり笑ってから**テイキケンで、あちこちにちょっとでかけるのが、わたし、すきなのよ**という。テイキケンってなんのことかわからないので、胸《むね》の奥《おく》にしまっておく。なんなのかなんて、ぜったいにきいたりしない。**オッケー、さっと立って、着がえてからでかけましょう。**そういわれてはじめて、今日が学校にいく日ではないとわかった。どうせわたしを車に積んで高速道路をつっぱしるにきまっている。もう車のなかで本を読んでも気持ち悪くならないし、月曜日に新しい本を一冊《さつ》か五冊か借りるために何章もさっさと読んでしまいたいから、図書室の本をカバンにつめる。

いままで何週間も、わたしの足はざらざらした灰色の舗装《ほそう》した道を歩いて車の助手席に乗り、また同じ道を帰ってくるだけだった。校舎《こうしゃ》への道を歩いたり、地下鉄に乗って、あたりが真っ暗になったりしたときは別だけど。わたしは車に乗っても、窓《まど》の外を見ない。見たって、しょうがない。同じものが、くりかえし、くりかえし見えるだけだから。灰色、家、学校、灰色、学校、家、学校、灰色、家。どれも、こわくなるくらい低くて重たい空の下にある。

灰色《はいいろ》　灰色　灰色。

だけど、車には乗らなかった。

これから冒険《ぼうけん》にいくのよ。

前と同じ言葉をいうので、こわくて、心臓《しんぞう》がぎゅっとなる。とっても小さなときに読んだ本に出てくる言葉みたいで、もしかしたらそのひとが読んでくれた本なのかも。だけど、あの物語は、ねとねとした泥《どろ》と冷たい川が出てくる自然のなかの冒険で、靴《くつ》に湿気《しっけ》がしみこむ冷たいコンクリートの上をとぼとぼ歩くことじゃない。もう二度としないといっていたけど、また地下にいくといわれたらどうしよう。すると、ふいにガラスとプラスチックの屋根の下でそのひとは足を止め、そのうちに巨大《きょだい》な赤いバスがゴーッ、キーッと停《と》まり、ドアがシューッと開いた。そのひとは平たいものをポケットから出して黄色い円の上に乗せビッと音をさせると運転手さんになにかいい、わたしには聞こえなかったけど運転手さんがうなずく。そのひとのあとから螺旋階段《らせんかいだん》をのぼって椅子《いす》にすわろうとすると、とたんにバスがきゅっとかたむいたから、飛ばされて窓《まど》にぶつかりそうになる。

窓ガラスか床《ゆか》、もしかしてその両方にぶつかる前に、そのひとがわたしをつかまえて、もようのある、ちくちくする布《ぬの》の座席《ざせき》にすわらせた。ひじかけを強くにぎったら、関節が白くなる。地球を一周するロケットに乗った女の子の物語のなかに消えてしまおうとしたけど、音が押《お》しよせてきて頭がうまく働かない。

ビューッとビルの前を通りすぎるたびに、ビルはどんどん高くなる。つぎつぎに変わっていくうちに、丸いのや太ったの、なかにはやせてるのも、とんがっているのもあって、本で見た彫刻《ちょうこく》にちょっぴり似《に》ているけど、建物だなんてとても思えない。

ずいぶん長いこと乗っている感じがしたけど、外の光が変わっていないから、ちょっとだけかも。そのひとが窓の外を指さして名前をいうけど、そんな名前、ぜったい脳《のう》に貼《は》りつけるもんか。すると、そのひとがちっちゃな赤いボタンを押し、ビンと音がして、またおっかない螺旋階段をおりたけど、落ちはしなかった。ドアがシューッと開き、そのひとがわたしの手をとったけど引っこめるひまもなく、おりたとたんにひとの群《む》れや音が爆発《ばくはつ》して、ふるえあがる。

そのひとの手を離《はな》さなかったのは、人波に押しながされそうになったからで、急ぎ足で歩いたり、ゆっくり歩いたり、ジョギングしたり、走ったりするひとの波と海と大洋のなかで、わたしは向きを変えたり、つまずいたり。それにトラクターみたいな車輪つきの大きなベビーカーもいるし、リードにつながれたやせっぽちの犬や毛むくじゃらの犬が吠《ほ》えたりはねたりしてるし、子どもたちもさけんだり笑ったり泣いたりしていて、いままでに読んだ物語が頭から転がりだして、そのなかのひとたちやら犬やらがまわりにあふれだし、わたしのまわりに広がっていく。

そのひとはコルクの栓《せん》をポンッとぬくようにわたしをひっぱり、人混《ひとご》みなんて存在《そんざい》しないみたいにさっさと動き、通りをくねくねと曲がって、あたりがぼおっとぼやけてきたと思ったら、**ほら、見て**という。世界が

さ・あ・っ・と　　　開いていた。

車でもひとでもない匂《にお》い、塩っからくて新鮮《しんせん》な匂いがして、水の流れる音が聞こえる。

テムズ川だ。広くて、平べったくて、やっぱり灰色《はいいろ》だけど、のびのびと舞《ま》っている鳥につつかれたり、十一月の薄《うす》い光のなかで、なんとかきらきらかがやこうとしたりしている。母親とかいうひとが、テムズ川は潮入《しおい》り川《がわ》といって、海の水が満ちたり引いたりするたびに、なにかを持ってきたり運びさったりするといった。

疲《つか》れた犬が水を飲んでいるみたいに、川岸に水がペチャペチャとよせたり、さざ波がたったり、ゆれたり、わたしが想《そう》像《ぞう》していた海とそっくりだ。そのひとは、わたしを連れて何段《だん》か階段をおり、小石をちりばめた灰色の砂浜《すなはま》にいく。砂浜は、見えなくなるほど遠くまでカーブしながらのびている。

あの恐《おそ》ろしい誕生日《たんじょうび》から、いつも探《さが》していた空間がここにあった。岸にはやっぱりビルが立ってるけど、はるばるとした空間とまぶしく光る水に押《お》しやられてるみたい。深呼吸《しんこきゅう》して、笑い声をあげたら、その声がちりちりするほど寒い空気に凍《こお》りつく。両腕《りょううで》を大きく広げ、指先で風を感じていると、そのひとがわたしを見て、**きっと気に入るよっていっていたわ**とささやくから、父さんがそういったのだとわかった。

砂浜《すなはま》にはひとがいたけれど、寒くてしめっぽい日だからあまり多くはなく、わたしは気にしないし、そのひとたちもわたしのことを気にしていないみたいだ。みんな防水布《ぼうすいふ》のコートを着て、重たい長靴《ながぐつ》をはき、風があるのでフードをしっかりかぶっている。その姿《すがた》は、なにもない空を背《せ》にした黒い影《かげ》にしか見えず、年取っているのか若《わか》いのか、男か女か、それとも人間かどうかもわからない。犬が一ぴきいるのはたしかで、水で毛をぺしゃっとさせ、砂と泥《どろ》をかぶり、浮《う》いている枝《えだ》をめがけて川に飛びこんで、ワンワン大声で吠《ほ》えている。黒い人影は、みんなかがみこんで砂のなかを探し、なかにはビービー鳴る金属《きんぞく》の棒《ぼう》を持ってるひともいる。父さんの新しい心臓《しんぞう》の音そっくりで、胸《むね》がきゅっとつまった。

泥ヒバリよ。

顔を上げると、そのひとはくりかえした。**あのひとたちのことを、泥ヒバリっていうの。ここで、宝探《たからさが》しをしてるのよ。**

泥ヒバリたち。

野生の世界から来たもの、自然界のもの、地面のなかにあったもの、空からのもの。鉄のような灰色《はいいろ》の波に乗って流れつき、また波に乗って去っていく宝物と物語のかけらを探しているひとたち。月が引っぱるたびに永遠《えいえん》に新しいものになり、なにかちがうものを運んでくる波。街のスモッグが消えてしまうくらい細い切れはしになって空にのぼっていくのは、ここが物語を完結させてくれる場所だからかもしれない。もしかして、わたしの指輪の物語も、この場所でできあがるかも。目がくらむような思いが、おなかの底からうずをまいて立ちのぼり、指先がちりちりする。シューシューあわだっていて、ふつうではなく、はるか昔からのもののようでいて新しく、わくわくする感じだ。物語がブンブンとさわぎ、古いものを探して、見つけて、また新しい物語になっていく。

じっと立ったまま、泥ヒバリたちと、手にしているバケツと、小さなシャベルと、ビービー鳴ってる器械を見つめていると、母親とかいうひとが、あれは金属探知機《たんちき》だという。それから、手に持った石をひっくりかえし、手のひらに平らに置いて見せ、昔、これはガラスだったけど、水でつるつるにされて、宝石《ほうせき》みたいになったといった。わたしが森で見つけ、病院にいる父さんの枕《まくら》の下にそっと置いた魔法《まほう》の石にそっくりだ。頭のなかで森とテムズ川の水が縫《ぬ》いあわされて、また石の物語がつむがれはじめる。オオカミに育てられた少年と恋人《こいびと》が野生の森で出会う。少年は凍《い》てつく闇《やみ》のなか、獣《けもの》の群《む》れにさらわれて恋人と引きさかれ、恋人の思い出は細い金の指輪だけで、どんなに強力な魔法も、ふたりをふたたび結びつけてはくれない。謎《なぞ》を解《と》く言葉をきざんだおそろいの指輪と、いま母親とかいうひとの手の上でかがやいている宝石は、恋人《こいびと》が船でロンドンをぬけて逃《に》げるときに船べりから水に落としたもの。少年からの贈《おく》り物《もの》がだれの手にもわたらないように、テムズ川に捨《す》てたのだ。なぜなら、ふたりがいつかふたたび出会えることを知っていたから。はりさけそうな胸《むね》をおさえながら、恋人はロンドンの入り組んだ道にそっと入り、自分のこともオオカミの群《む》れに投げこもうとしている者たちから身を隠《かく》した。

母親とかいうひとは、宝石《ほうせき》になったガラスをわたしの手のひらに乗せ、自分がわたしくらいの歳《とし》だったころは海のそばで暮《く》らしていて、いつも浜辺《はまべ》でちっちゃなものを探《さが》し、見つけるとポケットに入れていたと話しだす。いまでも光っていて美しいものを見つけると拾いあげ、ロンドンにひっこしてきてからはテムズ川の川辺で小さいときみたいに宝物《たからもの》を探《さが》し、そうすると迷路《めいろ》のような街にいたら失くしてしまう野生と自由を手に入れることができるという。わたしも、ちっちゃくてよちよち歩きのときは、カササギみたいになんでも拾って、ただの小石でも取りあげると泣きだしたそうだ。いまだってちっとも変わってないし、そのことは父さんとわたしを置いて出ていったりしなければ知ってるはずだっていいたかったけど、そのひとがわたしを見て、きらきら光る目で**わたしたちって百万キロも離《はな》れていないのね、オクトーバー**なんていうから、顔がこわばる。

しゃべるのをやめて、ぬかるんだ砂地《すなち》を歩いたり、平らな川面に水を切って石を投げたりしながら、横目で泥《どろ》ヒバリたちを見ていた。

　それから、ぬれた石の上にふたりですわって砂でズボンをよごしてから、そのひとがプラスチック製《せい》の水筒《すいとう》をバッグから取りだし、ふたにぴったりはまるカップで、ふたりでホットチョコレートを飲んだ。チョコレートの湯気と香《かお》りがあたりにただよい、つぎにそのひとがふわふわしたピンクと白のちっちゃな枕《まくら》みたいなものをふたりのカップに入れると、それは砂糖《さとう》が溶《と》けたみたいにねとねとになって、とってもおいしいから指ですくってなめる。本では読んだことがあるけど、本物のホットチョコレートを飲んだのははじめてだ。

　泥ヒバリたちがなにかを囲んでいて、その輪のなかのなにかが白っぽい日光を反射《はんしゃ》している。呪《のろ》われた金貨か魔法《まほう》の鍵《かぎ》、それとも宝石を連ねたネックレス、じゃなくて海賊《かいぞく》の金歯とか秘密《ひみつ》の合言葉をきざんだ指輪だったりして。そのひととわたしは、魚やウナギを見つけた鳥が舞《ま》いおりてくるのを見守る。一羽のウが、頭をのけぞらせてウナギを丸ごと飲みこむと、くねくねごくごく長い首が動くごとに、ウナギがすべり落ちていく。なにもかもいままでにない、まるっきり新しいものばかりだけど、生まれてはじめて口のなかがかわいたり、こわくなったりせず、ほんのいっしゅんっていうか、まるごと一秒くらい希望みたいななにかを感じる。

　ここには野生があり、話してあげられる物語がある。わたしの指輪の片方《かたほう》を見つけることができるし、完璧《かんぺき》な物語を父さんに話すことができるから、父さんとわたしはまた縫《ぬ》いあわされ、なにもかもだいじょうぶになる。わたしならできる。わたしの目は、ぬかるんだ土の表面を、さっと見たり、じっと見たり、とびとびに見たりしはじめた。地面は見慣《みな》れた森の土の真夜中みたいな黒でも、トチの実の殻《から》みたいな茶色でもなく、わたしの目にうつる色をだれかがすっかり変えてしまったみたいだ。よわよわしい冬の日光のなかに、ちかっと光ったり、かがやいたりするものはないかな。でも、はじめての地面のようすをつかめないうちに雨がふりはじめ、骨《ほね》までびしょぬれになったわたしを、そのひとが川辺《かわべ》から連れだした。

帰りのバスはうるさすぎるし、熱くて脂《あぶら》でぎとぎとしたみたいな匂《にお》いがするけど、二階席の巨大《きょだい》なフロントガラスの前にすわっていると、少しずつ闇《やみ》に入っていく。わたしは、宇宙海賊《うちゅうかいぞく》船《せん》の船長で、はるか遠くの星をちりばめた銀河《ぎんが》に宝物《たからもの》を探《さが》しにいった帰り道だ。宇宙船のまわりをぐるぐるまわって、さけんだり、むらがったり、光線銃《こうせんじゅう》を放ったりしているエイリアンの群《む》れと戦っているところ。あやうく空から宇宙船が転がり落ちそうになったから秘密《ひみつ》の赤いボタンを押《お》すと、宇宙船がぐいっと動いて持ちあげられ、乗組員全員がよろめく。そのとき、隠《かく》されていたチューブが**シューッ**とエイリアンを気絶《きぜつ》させるガスを放射《ほうしゃ》し、同時に宇宙船のドアが開いたから、ぴょんと飛びおりて無事に地球に帰還《きかん》できた。

頭のなかでは、九個《こ》の文字が追いかけっこしている。

泥《どろ》ヒバリになりたい。

ロンドンも宇宙船みたいなバスもぜったいにきらいで、テムズ川の鳥や宝探しのひとたちを見たあとも、それはちっとも変わらない。この街の明かりは、すべてだめ。音も、匂いも、だめ。地面も、空気も、空もだめ、だめ、だめ。こういうものはすべて母親とかいうひとのもので、わたしはそのひとみたいになりたくないけど、テムズ川の潮《しお》の満《み》ち干《ひ》や、見つけてもらうのをじっと待ってる宝物のきらっとした光は頭から離《はな》れない。指輪が、見つけてもらいたいと待っている。物語が、話してもらいたいと待っている。

いままでになかったなにかが小さな火花を散らし、わたしはそれを自分のなかにしっかりとしまいこんだ。ポケットのなかにある秘密とおなじように。

テムズ川にいったつぎの日、新しい病院にうつった父さんに会いにいった。今度の病院は、一時間三十七分もかからない。車で二十九分なので、まだキロで測るくらい遠くだけど、前より近くにいるということだから、びっくりだし、うれしいし、すてきな言葉をぜんぶ使っても足りないけど、父さんを街に閉《と》じこめておくのは世界でいちばん悪いことだから、ひどいし、悪いし、ぞっとするし、トゲの生えたいやな言葉をぜんぶ使ってもまだ足りない。

父さんがいるのは、自分だけの小さな病室で、床《ゆか》は咲《さ》きたての野の花みたいな薄《うす》いピンクだ。テレビと冷蔵庫《れいぞうこ》と空っぽの野原の絵がある部屋で、だれかが父さんとわたしのうちみたいにしたかったみたいだけど、うちにはまるで似《に》てないし、たぶん、だれのうちにも似ていないと思う。父さんは、前の病院のときとそっくり同じベッドに起きあがっていて、わたしを見ると両手を大きく広げ、大声でわたしの名前を二度呼《よ》ぶから、わたしは舞《ま》いあがってしまい、看護師《かんごし》さんがドアからのぞいた。

床がピンクだって、窓《まど》からはビルとクレーンしか見えなくたって、なにもかもつーんと鼻にくる変な匂《にお》いがしていたって、また父さんといっしょに暮《く》らしているみたい。母親とかいうひとは消えてしまって病室にいないから、父さんとふたりで、トランプのスナップ（カードを出していき、同じ数字や絵柄《えがら》が出たら「スナップ」といってカードに手を置く。先に手を置いた人の勝ち）や、看護師さんが貸《か》してくれたウノというゲームや、ネズミ捕《と》りというゲームをした。ネズミ捕りはネズミを罠《わな》にかけたくないからいやだったけど、ただのちっちゃなプラスチックのネズミなので、すぐにおもしろくて、いやなのを忘《わす》れてしまった。

影《かげ》が長くなって、すぐに病室から出なきゃいけないとわかったけど、もっといたかったから、わたしも病院に部屋をもらえないかときいた。指輪の物語をつなぎあわせ、それに新しい特別なものを縫《ぬ》いたして出来事をまとめ、なにかいいだそうと口を開く。話しはじめさえすれば、物語はひとりでにできていくかもしれない。でも、そのとき父さんが、**母さんがすぐにもどってくるよ**といったから、しかめっつらをして、かんしゃくを起こすと、**ああ、オクトーバー、オクトーバー、母さんにもチャンスをあげなきゃね**という。わたしのほおをなでる父さんの指はすべすべで、ヘビが脱皮《だっぴ》するみたいに森をつるっとぬいでしまったみたいで、あのひとの部屋のこなごなにしてしまったウサギの絵や、割《わ》ってしまったお皿や、泥《どろ》ヒバリや、ホットチョコレートを思いだしているうちに、金網《かなあみ》の牢獄《ろうごく》に入れられたまま広い空からあざけられているスティッグのことが頭に浮《う》かび、わたしは爆発《ばくはつ》して、ふたりのスティッグにあのひとがなにをしたか大声でさけび、指輪の物語は溶《と》けていってしまう。

さっきドアからのぞいた看護師《かんごし》さんが走ってきたけど、父さんの言葉にひどいショックを受けていたから気がつかなかった。父さんがやわらかくなった新しい手をのばしてきたけど、わたしはじりじりとドアのほうに、なんだかわからないもののほうにあとずさりする。父さんがたったいま**そうするのがいちばんいいんだ**なんていったから。

知らないひとの檻《おり》にスティッグを閉《と》じこめるのが、**いちばんいい**なんて。

わたしには、わかった。父さんは、わたしを母親とかいうひとといっしょにロンドンの空の下に閉じこめようとしている。そうするのが**いちばんいい**って思っている。

父さんは、わたしをこの街に置きざりにしようとしている。

月曜日になっても、わたしはまだ腹《はら》が立って、かんかんに怒《おこ》っていた。母親とかいうひととのあいだに火花みたいにきらめいた泥《どろ》ヒバリの魔法《まほう》もこすり落とされ、沈黙《ちんもく》がもどってきて、その沈黙は父さんのところまでつづいている。

でも、学校の図書室では、新しくおぼえた言葉をユスフに教えたくて、がまんできなくなった。その言葉をぽろっと落として、宙《ちゅう》に舞《ま》わせる。

泥ヒバリ。

ユスフがヒューッと口笛を吹《ふ》いたから、いますぐ吹き方を教えてもらいたかったけど、休み時間まで三十分しかないから無理。だってベネット先生が今日は**どれくらい自由研究が進んだか**見せてもらうといっているから。なにかちゃんと字で書いたり、絵で描《か》いたりしたものを見せるということだとユスフはいう。

ユスフはコンピュータの前にすわったけど、わたしはどうやって使うのか、文字をどんなふうに画面に出すのかちっともわからない。キーボードの字の位置《いち》を正確《せいかく》におぼえているユスフは、指を踊《おど》っているみたいに動かしていく。いつもよりいっそう早口で、画面に魔法《まほう》みたいにあらわれた言葉や、単語や、歴史的《れきしてき》なことを読みあげる。

泥《どろ》ヒバリは、仕事だった。恐《おそ》ろしい仕事だった。過《す》ぎさった、恐ろしい時代の。

泥ヒバリと呼《よ》ばれたまずしい子どもたちは、生きのびるために、テムズ川の岸辺《きしべ》をあさって宝物《たからもの》を探《さが》した。コインを見つけることもあった。ゴミしか見つからないこともあった。骨《ほね》や、死体や、朽《く》ちはてた遺体《いたい》を見つけることも。お金持ちになれるくらいの宝物を見つけることも。

泥ヒバリたちは、パンしか買えないくらいのわずかなお金のために、工場のすすけた空気のなかで働いたり、そうじの最中にエントツのなかで窒息《ちっそく》したり、炭鉱《たんこう》の暗闇《くらやみ》のなかで汗《あせ》をかいたりしなくてもよかった。外にいることができた。すきな時間に働けた。見つけたものは、自分のものになった。

自由を手に入れたといってもよかった。

ユスフが、ふたりの泥ヒバリの絵を見せてくれる。浅瀬《あさせ》に立ち、足は泥んこだ。もつれた髪《かみ》が鉛筆《えんぴつ》みたいな束になって垂《た》れ、野生の顔をしている。

ロンドンのなかの野生。

歴史のなかにぽっかり開いた穴《あな》を、わたしはのぞきこんだ。ふたりの泥ヒバリもわたしを見つめかえす。その穴は鏡で、わたしが映《うつ》っていて、なにもかももとどおりにする道を示《しめ》してくれている。

宝探しができるぞとユスフがささやくから、うんうんと大きくうなずくと、おまえ、頭が落ちちゃうぞとおどかす。

ふたりで、もう片方《かたほう》の指輪を探すことができる。

おれにまかしとけ。終業のベルが鳴ると、ユスフが耳もとでささやいた。**おまえの母ちゃん、どこにいる？**　それはあのひとを指す正しい言葉じゃないので、ぎゅっとこぶしをにぎったけど、ユスフにいいたくないから指さすだけにして、**泥《どろ》ヒバリという言葉はいわないで**と小さな声で念をおす。自分とわたしが似《に》ているなんて、あのひとに思ってもらいたくない。ユスフが急いで走っていくけど、いったいなにをするのか信用できないから、わたしも追いかけた。思ったとおり、ユスフはにこにこ顔であのひとと話している。**歴史《れきし》の話**とか、**クラスでいちばん**とか、**ふたりでいく**とか、**兄さんがついてってくれる**とか、**博物館《はくぶつかん》って勉強になりますね**とかいって歯をずらりと見せて笑い、母親とかいうひともにこにこしている。**それはすばらしいわ**といってから、**いついこうと思ってたの**とききき、ユスフが答えると、ちょっと黙《だま》ってからわたしを見て、**あらあ、土曜日はオクトーバーがお父さんに会いにいく日なのよ**というから、わたしはさびしがってるスティッ

グのことや、**それがいちばんいい**という父さんの言葉や、その言葉で胸《むね》がきりきりいたんだことを思い、知らないあいだにこういっていた。

今週は、父さんのところにいきたくない。

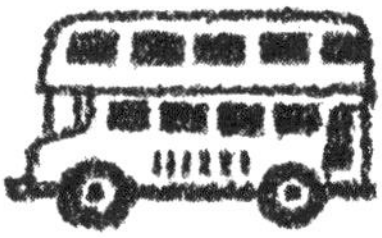

土曜日、洗濯《せんたく》させなかったからたき火の匂《にお》いがする、ぼろぼろの古いズボンをはき、それからぶかぶかの赤いセーターを着る。セーターはぶあついので、上に着たコートがきちきちで、**あらまあ、もっと大きいコートを買わなきゃね**といわれたけど返事をしない。いいコートだし、ポケットがちょうどいいところにいっぱいついているし、指輪を隠《かく》すのにぴったりなファスナーつきの小さなポケットもある。わたしのために買った新しい服は、まだ袋《ふくろ》に入ったまま部屋の壁《かべ》ぎわにずらりとならんでいる。袋のなかを見たこともない。本当はわたしの服じゃないから。コートのポケットに必要なもの、リンゴや、ティッシュや、輪ゴムや、八歳《さい》になったときに、父さんがもう大きくなったからとくれた、ちっちゃなペンナイフや、宝箱《たからばこ》のなかの小さな移植《いしょく》ごてを全部ポケットに入れたら、わたしは時をぐーんとさかのぼって泥《どろ》ヒバリになり、今日一日、テムズ川の自然で宝物を見つけるしたくができた。

　ユスフと兄さんのイビが十時きっかりにベルを鳴らし、わたしが玄関《げんかん》に出る。こんなことは、はじめてやった。母親とかいうひとも来て、イビにバスとか、時間とか、責任《せきにん》を持ってとか話しはじめたけど、なんでバカみたいなことというのかな。イビはもう十八歳で自分の車を持っているし、大学の授業《じゅぎょう》のあと仕事もしているし、ユスフにお菓子《かし》をくれるヤスミンというガールフレンドもいる。イビはうなずいて、きちんとした言葉をかえしてから、わたしにうなずいて、**じゃ、いこうか、オクトーバー**っていったけど、なんて返事をしていいかわからない。ユスフがイビを押《お》して、**バカ、この子はオオカミ語しか話せないっていったろ**っていうと、イビがユスフを押しかえして、**ごめんなさい、弟は頭のネジがはずれてるし、口のききかたを知らないので**という。母親とかいうひとは笑いだして、必要なものは全部持ったのってきいたけど、また返事をしなかったから、イビはわたしが本当にオオカミ語しか話せないって思ったかも。

またバスに乗って、また変なふうにかたむいたり、ぐいっとつきあげられたり、シューッとかキイッとか鳴ったりしたけど、おりるころには平気になった。バスのなかでユスフがマースバーをふたつポケットから出し、ひとつをわたしにくれる。イビはあきれた顔でバスの天井《てんじょう》を見上げてから、ユスフの歯は、そのうちにすっかりぬけてしまうという。父さんはいつも、砂《さ》糖《とう》のことでそっくり同じことをいっていたっけ。

このあいだとはちがう場所に着く。ユスフは携帯《けいたい》電話をにらみ、地図の上を動く丸い印にしたがって歩いていく。わたしも、画面をのぞかずにはいられない。わたしの持ってる地図の切りぬきや、鉛筆《えんぴつ》を使った線だけの森の地図は、すっごく赤ちゃんっぽいと思えてきた。ユスフが、**オッケー、最初に宝探《たからさが》しをして、それから博物館《はくぶつかん》だ**という。自分でいいだしてインターネットで調べたくせに、**博物館**っていいながら大あくびした。博物館はテムズ川のすぐそばで、川や泥《どろ》のなかで見つかったものがいっぱいあるんだって。わくわくして、身体じゅうの皮膚《ひふ》が、パチパチはちきれそう。

　潮《しお》は引いていた。というか、ぬかるんだ平らな砂地《すなち》があらわれ、水が新しい物語を運んできて、そのほかの物語を運びさっていた。水しぶきと水草のせいでぬるぬるした階段《かいだん》をおり、水辺にいく。ユスフは青いプラスチックのシャベル、わたしはちっちゃな移植《いしょく》ごてを持っている。ユスフは青いシャベルがちょっとはずかしいみたいで、海岸とか、砂のお城《しろ》を作ったとか小さいころの話をするから、なんかすてきだなと思った。わたしは、海岸にいったことがなく、本のなかでしか知らない。宝物を入れるバケツがないのに、やっと気がついたけど、もうおそい。でも、ユスフのコートもわたしのも、大きなポケットがついている。

　イビは、コートのポケットから本を取りだして、すわるところを探している。だけど、どこもぬれているし、なにもかも死んだ水と古い泥の匂《にお》いがしている。イビは頭をふって、まいったなあみたいなことをつぶやいてから、階段の上の小道にあるベンチにすわるといいだし、もしおまえたちがおぼれたりしたら殺すぞといった。

　ユスフはイビに元気よく手をふってから、小さなプラスチックのシャベルで掘《ほ》りはじめる。しめってこんもりした砂のかたまりが宙《ちゅう》を飛んで、どんと落ちては飛びちる。わたしは、羽毛のような白い息を吐《は》きながら、一歩ずつしずむ砂地を歩きまわり、昔の泥ヒバリたちのことを思《おも》い浮《う》かべた。その子たちは、靴《くつ》もはかずコートもなしに、凍《こご》えるような寒さのなかを歩きまわって、自分を自由にしてくれる宝物を見つけようと必死になっていた。わたしは泥をじっくりと見て、きらっとなにかが光ると石をひっくりかえしたりしたけど、森で宝物を探すよりずっとむずかしい。森にいたとき、わたしの目はワシの目だったけど、ここは風景がまったくちがうし、どうしたらいいかわからない。どこもかしこも同じ手ざわりの砂と泥で、なにもかも同じに見える。

　ユスフは、まだむちゃくちゃ掘っている。五分ごとに、見つけたと大声をあげ、つづいて**ありゃあ、いまの取り消し**という。わたしは目を閉《と》じて大きく息を吸《す》い、頭のなかを空っぽにして、すべてを追いだす。森のなかで宝探しをするときみたいに。スティッグも、森の木々も、腹《はら》が立つことすべても、父さんとのけんかも、のどにつまってる心配のかたまりも。そうして、よせては引く波の調べや、水鳥が鳴きかわす声や、ビルのまわりにうずまいてから広い空にのぼっていく風の音に耳をすます。目を開けると、冬の太陽が水に反射《はんしゃ》して、なにもかもはっきりと見えた。

川の流れと潮《しお》が、地面の上にもようを描《えが》いている。引っぱられたり、なにかの重みでつぶされたりした泥《どろ》。ばらばらに飛ばされた石や、しっかりとだきあっている石。川と空と地面の形が見える。

わたしは、新しい世界を指先で感じている。わたしはふたたび、宝探《たからさが》しのハンターになった。粘土《ねんど》のパイプを見つけてユスフに見せると、あまり感心していない。そのうちに、ユスフも同じものを見つけて、大喜びでわーい！　と空までとどく大声をあげたから、イビが階段《かいだん》の塀《へい》の向こうからのぞきこんで、ふたりがおぼれていないかどうかたしかめた。

粘土のパイプのあとは、なにも見つからず、手がすごく冷たくなって、もげちゃうかもってユスフがいいだした。それから、いいことを思いついたといって、ぴょんぴょんジャンプしはじめた。**おれたち、黄金や宝石《ほうせき》を見つけちゃったりしてさ**とか、**骸骨《がいこつ》を見つけたら、かっこいいじゃん**とか、**おれの部屋に本物の骸骨を置いたら、母ちゃんが怒《おこ》ると思うか？**　とか、わたしが答えを知っているみたいに。わたしの頭のなかには、飛びだす絵本を開いたときのように、そのしゅんかんの場面が浮《う》かんでいる。泥のなかにきらっと光る金の指輪。空にかかげると、二番目の太陽みたいに完璧《かんぺき》な円がかがやく。指輪をふたつあわせ、物語を完成させてから、父さんのところに走っていき、ほんの小さな美しい場面までもらさずに話してあげると、父さんはにこにこ笑って、わたしのことをだいすきだよといい、父さんといっしょにうちに、うちに、うちに帰る。

　ポケットに両手をつっこみ、粘土のパイプといっしょに丸くて平べったい小さなものを入れた。コインかもしれないし、波に洗《あら》われてつるつるになった石かもしれない。ユスフは手にハアハアと息をかけたりマースバーをかじったり、かわりばんこにしているから、わたしもまねをしたら、チョコレートのおかげでおなかが温かくなった。ユスフが**キャラメル**だと教えてくれた金色のねとねとがついた指をなめると、砂糖《さとう》と川の味がする。ユスフはずっと、手が寒さでもげちゃうとぶつぶついってるけど、わたしはまだ宝探しを終えたくない。もう片方《かたほう》の指輪を見つけてあげられないうちに潮がさらっていき、二度と見つけられなくなったらどうするの？　そう思ったとたん、冷たさが骨《ほね》の中心にある穴《あな》までしみこんできて、また指輪を探しはじめたけど、ユスフはとっくに川岸の階段に大いそぎで向かっていて、どこかわからない次の場所にいくと大声でいう。

　イビのところにいくと、霜《しも》のおりたベンチからやっと立ちあがれるので、ほんとにうれしそう。それから三人で昔からあるみたいな丸石敷《じ》きのせまい路地を歩いていく。ロンドンの道はうんざりするほど見てきて、どれも大きくて厚《あつ》みのある、つまらない灰色《はいいろ》の四角がつながっているけど、この路地はとってもすてき。丸石はそれぞれ大きさがちがっていて、ふむたびに、こんもりした形が長靴《ながぐつ》の底からつたわってくる。ロンドンにあるとは思わなかったごちゃごちゃ、めちゃくちゃな感じで、百年前の馬のひづめの音が、こだまして聞こえてきそうだ。

博物館《はくぶつかん》は、古い倉庫《そうこ》だったところで、昔はテムズ川を行き来する大きな船が積んできた荷物や、これから運んでいく荷物を入れておいたそうだ。窓《まど》がとっても大きくて、きらきら光っている川が見えるから、まるで船に乗っているみたい。船は本で見ただけで、乗ったことはないけど。わたしたちが入っていくと、受付のデスクの後ろで、短いむらさきの髪《かみ》がつんつん立った女のひとが本を読んでいて、ページから目を上げずに片手《かたて》だけひらひらとふる。

イビは、すぐに氷みたいに冷たくない椅子《いす》にすわって本を読みはじめた。ユスフとわたしは、足音がこだまする部屋をつっきって、奥《おく》にある、びっくりするほど大きなガラスケースのほうにいく。白雪姫《しらゆきひめ》のお棺《かん》みたいだけど、死んだお姫さまではなく、宝物《たからもの》がいっぱい入っている。

粘土《ねんど》のパイプに陶器《とうき》。コインに、チェーンが輪になったネックレス。黒いかたまりには、靴《くつ》とか帽子《ぼうし》とか書いたラベルが貼《は》ってある。白い骨《ほね》の破片《はへん》。金属《きんぞく》のカップ。金歯。くし。にっこり笑った口もとと、じっと見つめる目が描《えが》かれた、ちっちゃなはだかんぼうの陶器の人形。くねくねしたもようをきざんだ、金属の指輪。

ユスフが、わたしのそでを引っぱる。**ほら、ここに書いてあるよ。泥《どろ》は、えっと……。**説明文のつぎの言葉で、つまずいてる。**嫌気性だよ。け・ん・き・せ・い。**教えてあげるとユスフはうなずく。**うん、泥はけ・ん・き・せ・い、つまり酸素《さんそ》がふくまれていないから、泥のなかに埋《う》もれた物は、もとのまま保存《ほぞん》される。**ケースのなかの靴や帽子は、もとのままとはちっとも思えなかったけど、金歯だけは完璧《かんぺき》で、海賊《かいぞく》の口のなかにスポンともどっていきそうだ。

泥ヒバリの子どもたちの話を印刷《いんさつ》したものもあったけど、それは、わたしがいままで読んだなかでも、いちばん悲しい物語だった。ちっちゃな男の子。六歳《さい》か、七歳くらい。靴も、コートも持ってない。十人の兄弟は死んで、両親はふたりとも死んで、だれも食べ物を買ってくれなかったし、暖《あたた》かい靴下も編《あ》んでくれなかったし、身なりをきちんとしなさいといってくれるひともいなかった。一日に二回、月が潮《しお》を引っぱるとき、その子は何時間もあさったり、拾ったり、足首に水がうずまくまでやっていた。ポケットは、がらくたや、金属のかたまりでふくれてた。いいものもあれば、つまらないものもあった。そして二百年あとに、その子の物語を潮が岸辺《きしべ》に運んできて、その子は見つかった。ポケットが見つけたものでふくらんだ服を着た、やせっぽちの男の子の骸骨《がいこつ》。眠《ねむ》っていたのかも。深いところに落ちたのかも。疲《つか》れきって、つづけられなくなったのかも。その子が水の下に消えたのを、だれも気がつかなかった。その子の名前をだれも知らなかったから、トムという名前がついた。テムズ川のトム、と。

その子がいなくなっても、だれも悲しまなかった。

その子の誕生日《たんじょうび》にはだれも記念樹《きねんじゅ》を植えなかったし、木を彫《ほ》って宝箱《たからばこ》を作ってくれなかったし、キツネの刺《し》しゅうがあるやわらかいパジャマも買ってくれなかった。

ユスフが粘土《ねんど》のパイプを取りだして、曲がったところについている泥《どろ》をこすっている。わたしはいまにもどって、トムを昔に置きざりにした。それから、わたしが見つけた、変てこで小さいコインみたいなものを、ガラスの向こうにあるものと比《くら》べてみる。ユスフが、パイプをしきりに天井《てんじょう》の明かりにかざし、百ポンドか、百万ポンドくらいのものかどうかたしかめていると、ほこりっぽい空気を、声が引きさいた。

それ、どこから持ってきたの？

受付のデスクにいた女のひとが、いまはデスクではなくわたしたちの目の前で腰《こし》に両手を当てて立っている。ユスフは、ベネット先生にきみの読書ノートはどこだときかれたときと同じ顔をした。ユスフがなにもいわないので、わたしがそれは川岸にあったもので、わたしたちは**泥ヒバリだ**といったら、じっとにらんできたから、いわなきゃよかったと思った。

博物館《はくぶつかん》のひとは、自分のことを勝手に**泥ヒバリ**といって宝《たから》探《さが》しをしてはいけない、それにはちゃんとした**規則**《きそく》があるという。すっごくバカみたいだと思ってそういうと、そのひとはちょっと赤くなり、ユスフに腕《うで》をつねられたから失礼なことをいったんだとわかった。

川岸で宝探しをするだけでも特別な許可《きょか》がいるし、それがないと泥を掘《ほ》ったり、表面をひっかいたりするのもできない。正式な泥ヒバリになるにはもっと特別な許可証《きょかしょう》が必要で、それにはとってもお金がかかるし、その許可証をもらっても見つけたものが**重要な品**だったら、自分のものにはできないという。それは、ロンドンのものになるんだって。ロンドンが、がつがつ食べてしまうんだって。なんて憎《にく》らしいんだろう。規則やら、許可証やら、法律《ほうりつ》やら、お金やら。それに、ほかのひとの持ってるものを取りあげてしまうなんて。

あなたたちは、もっとやっかいなことにならなくてよかったと、博物館のひとはいってから、わたしたちが見つけたものを調べた。ファスナーつきの秘密《ひみつ》のポケットに入れた指輪は、出さない。百万キロも離《はな》れたところで見つけたといっても信じてくれず、わたしから取りあげてガラスのお棺《かん》に入れ、許可《きょか》証《しょう》をもらうまで来たらだめっていわれるかもしれないから。

それから、なんで泥《どろ》ヒバリみたいなことをしているのかときいてくる。**勉強のためです。**ユスフが怒《おこ》っていったら、そのひとはちょっとはずかしくなったみたいで、セーターのそで口をいじっている。それから、**持ってるもの、もう一度見せてくれるかな**といって粘土《ねんど》のパイプを調べ、これはヴィクトリア朝のもので、そのころは、おおぜいのひとたちがパイプを吸《す》っていて、かざりがなくてつるつるしてるところを見ると、まずしいひとたちが持っていたものだという。それから、ガラスケースのパイプを指さすと、そっちのほうは、細かいもようが彫《ほ》ってあるから、指でなでてみたくてたまらなくなった。ユスフが、わたしたちのパイプの値段《ねだん》は高いのかときくと、博物館《はくぶつかん》のひとは笑いながらちがうという。ユスフはがっかりして、しぼんでしまった。つぎにそのひとが、わたしの手のひらからコインを取って裏《うら》がえしにすると、コインは天井《てんじょう》の明かりを受けてきらっと光る。**これは、テムズ川の渡《わた》し船《ぶね》が切符《きっぷ》がわりに使っていたメダルよ。船に乗るとき、船頭さんにわたしていたの。うっかり船から落としたのか、それとも川で亡《な》くなったひとのポケットに入っていたものなのか。テムズ川には、こんなふうに物語がいっぱいあるんですよ。**

ユスフは、わたしのメダルが死んだひとのものだったのかもと聞くと、めちゃくちゃ興奮《こうふん》して光速で質問《しつもん》をはじめ、その興奮がわたしのまわりにもうずまいたけど、わたしのほうは雷雲《かみなりぐも》になっていた。このバカみたいな街では、宝探《たからさが》しもできない。がっかりした気持ちが、煙《けむり》のようにわたしをつつみこむ。

粘土のパイプとメダルは持って帰ってもいいといわれたけど、帰りのバスに乗ってもまだ、悲しさと川の匂《にお》いが波みたいにわたしから立ちのぼっていた。ユスフまですっかりおとなしくなって、しめったポケットから出したチョコレートがけのキャンディーをなめながら、わたしにも差しだす。わたしは、寒くてぬれていて泥んこだったから、いつもならすっごくうれしいけど、今日だけはみじめさが骨《ほね》までしみこんで、どうしてもふり落とせない。

こうして、わたしたちの冒険《ぼうけん》は、はじまる前に終わってしまった。もう片方《かたほう》の指輪も、指輪が隠《かく》している謎《なぞ》の片方も見つけることができないし、ひろびろとした川岸で風に吹《ふ》かれて野生に帰る時間もなくなってしまったし、父さんに話してあげる物語の形すら見つけることができない。

母親とかいうひとの家のドアから入ったのに泥んこの長靴《ながぐつ》をぬがず、家じゅうテムズ川の物語を引きずって歩き、いろんな物語でチリチリ鳴っている水をそこらじゅうに落とし、秘密を隠している泥をなすりつける。そのひとが**長靴をぬぎなさい**とどなり、そんなにきつい声を聞いたのははじめてだったから、一日の重さにぺしゃんこに押《お》しつぶされて泣きだすと、そのひとの声はやさしくなって**まあまあ、どうしたの**といった。

それから、お風呂《ふろ》を入れてくれた。うちの、ぽこんと丸いおなかのお風呂とはちがうけど、湯気がうずまいて立ちのぼり、そのひとが野生のブルーベルみたいな匂《にお》いがするものをお湯に入れると、むらさきのあわがふわっと花びらのように開く。お風呂にもぐると、お湯が骨《ほね》に入りこんでいた悲しみにしみこみ、温かさと湯気と花の香《かお》りとあわにつつまれて、ちょっとだけ気分がよくなる。

そのひとは、お風呂場のドアの外にすわっている。床《ゆか》とドアのすきまから、そのひとの影《かげ》がしのびこんでくるけど、わたしはあっちにいってとか、ひとりにしておいてとかどなったりしない。そのひとは、わたしの記憶《きおく》のずっと奥《おく》にあるなにかみたいな調べをハミングしているから、ほんとうに同じ調べなのかちょっとハミングしてみたけど、そのひとに知られたくないから頭のなかだけにしておく。すると、そのひとがお話をはじめた。

いつもなら、お話をするのはわたしのほうなのに。

父さんだって、わたしにお話をしたりしないのに。

わたしは、お話の言葉と、魔法《まほう》と、秘密《ひみつ》にさらわれていき、お風呂のあわは消え、お湯も湯気を立てるのをやめる。わたしは、はるかな世界にいた。女の子がひとり、風の吹《ふ》きすさぶ浜《はま》辺《べ》で、貝殻《かいがら》や、骨や、石を探《さが》していた。塩をふくんだ海のしぶきに髪《かみ》をぬらした女の子は、宝《たから》物《もの》を見つけ、それを新しいものに変えた。縫《ぬ》ったり、糊《のり》をつけたり、刺《し》しゅうしたり、ハンマーでたたいたりすると、拾ったものが美しく生まれかわった。波に洗《あら》われて、すべすべになったガラスは指輪に、貝殻は糸につながれてネックレスになり、女の子はほんの少しのやさしさがほしいひとたちにそれをプレゼントしていた。だんだん大人になっていっても、その子は探したり作ったりするのをやめず、ある日、魔法みたいにすばらしいひとのベッドのわきに置くために、流木でとても美しいキツネを作った。眠《ねむ》っているあいだ、ふたりを見守ってくれるように。

お風呂から出て自分の部屋にいき、そのひとが買ったパジャマを見つけた。まだ、きちんとたたまれたまま、小さな机《つくえ》に乗っている。刺しゅうを指でたどると、キツネだけでなく、ちっちゃな木や、アナグマもいて、ポケットがついている。はじめてパジャマを着て、ポケットのなかにあの指輪を入れると、指輪はちょうど心臓《しんぞう》のところに落ち着いた。

夕食に、ピザの出前をたのんだ。ピザなんて食べたことないし、出前をとったこともなかったけど、そのひとが平べったい電話の画面を押《お》して上に乗せるものを決めるやりかたを教えてくれる。森のうちでときどき缶詰《かんづめ》を食べていたからパイナップルと、父さんと育てていたからマッシュルームと、食べたことないからオリーブとアーティチョークを選び、ちょっと考えて、身体にいいからホウレンソウをつけたす。そのひとは、びっくりしたように眉《まゆ》を上げたけれど、なにもいわない。玄関《げんかん》のベルが鳴ると、ほんとに魔法《まほう》みたいにピザがとどき、わたしが選んだものはどれもおいしかった。ホウレンソウだけは、歯にからまるからいやだったけど。

夕食のあと、いつもとちがってまっすぐに自分の部屋にいかないでいると、そのひとは毛糸と編《あ》み針《ばり》を出して、テレビをつける。わたしは、テレビを見たことがない。画面の色が明るすぎるから、テレビの後ろの壁《かべ》をずっと見てなきゃいけなかったし、音もぜったい大きすぎたけど、がまんしてお話についていこうとする。そのひとの、とがった編み針がカチカチ、カタカタ鳴って、もぐったり、踊《おど》ったりするたびに毛糸からもようがつむぎだされて、新しいものができていく。テレビは**コマーシャル**とかいう休み時間になって音がますます大きくなり、見ているひとがほしがるとテレビが思いこんでる変てこなものが画面に出てくる。すると、そのひとは画面いっぱいにくるくる踊りまわるモップを見ながら、編み針に海草みたいな毛糸をぐるぐる巻《ま》きつけてきいてきた。**今日はなにがあったの、オクトーバー、ユスフとけんかしたの？**

なんていったらいいかわからない。なにかいえば、自分のことをすきだと思うかもしれないし、黙《だま》っていればユスフに腹《はら》を立てるかもしれない。わたしはどっちもいやだ。だから、短くぷつぷつと川辺《かわべ》で探《さが》したとか、掘《ほ》ったとか、宝探《たからさが》しをしたとか、博物館《はくぶつかん》のことや、しかられたことや、すごく特別なものを探しているのに、もうそれはできなくて、ここでは探せないという。特別なものが、もう片方《かたほう》の指輪に記してある秘密《ひみつ》の言葉だということはいわなかったし、そのひともきかない。

そのひとが手をのばしてきて、お風呂《ふろ》でぬれた髪《かみ》をさわろうとするから、さっとよけると、手が宙《ちゅう》に浮《う》いたままになる。**わたしが話した物語に出てきた宝物、見てみたい？**　そのひとはそういい、それが希望をふくんだようなささやき声だったから、わたしは引っこめた手をひざの上で組んでいるのを見ながらうなずいた。

ふたりで庭のふりをしている空き地にある、のしかかってくるような小屋にいく。銀色の鍵《かぎ》をきらっと光らせて、そのひとがドアを開けると、新しい世界が広がった。鉄と火の匂《にお》いがする空気。とっても大きな作業机《さぎょうづくえ》の上は、きれいな色の石をいれたガラスびんや、奇妙《きみょう》な鉄の機械がごたごた置いてあり、木の物入れの引きだしから、金属《きんぞく》や、針金《はりがね》や、道具がはみだしている。わたしが引きだしをひとつ開けると、きれいな石がウィンクした。

そのひとは小さな箱を開けて、ダイヤモンドが山にある氷のかけらみたいについている銀の指輪を見せてくれる。**これは、結婚《けっこん》したいひとに贈《おく》る婚約指輪なのよ。ふたりの注文どおりに作ったの。ダイヤモンドは、男のかたのおばあさまが大事にしていたネックレスについていたものよ。**

そのひとは、こういう宝物を自分で作っているんだ。古いものや、新しいものをいっしょにして、また別のものにしている。そのひとは、ほかのものも見せてくれて、そのなかには火を使って金属《きんぞく》を気に入った形に作る溶接《ようせつ》トーチとか、指のあいだをヘビみたいにすべる銀のチェーンや、ちっちゃな色をちりばめたイヤリングをこしらえるペンチもあったし、完璧《かんぺき》な真ん丸の指輪もあった。そのひとは、指輪を作るのがいちばんすきだという。指輪は、ウサギみたいな手ざわりの黒いベルベットの箱に入っていて、箱をなでながら、裏《うら》に詩をきざんだ指輪のことを打ち明けようと思ったけど、スティッグのことを思いだしたから、口をぎゅっと結んだままにした。

こういう宝物《たからもの》には、みんな帰るところがあって、小づつみで送られたら二度ともどってこない。わたしは、なによりも自分の宝物を探《さが》したいのにと思ったら、がっかりして、心臓《しんぞう》があばら骨《ぼね》にばくばく当たる。そんな気持ちをそのひとはわかったみたいで、わたしの肩《かた》をつかんだ。本当にそっと、肩のあたりにそよ風が吹《ふ》いたみたいに。

真っ白な自分の部屋にもどって、亡《な》くなったひとが持っていた渡《わた》し船《ぶね》のメダルと粘土《ねんど》のパイプを宝箱にていねいに入れる。こうしていろんな物語に囲まれているのに、わたしは、ばらばらにこわれかけている。

つぎの朝、テーブルのお皿にタマゴではなく紙切れがのっていた。起きたばかりで、目がぼやけていて重いので、ちゃんと読めるように目をこすらなきゃいけない。

泥《どろ》ヒバリ

クラブ　児童

テムズ川

許可証《きょかしょう》

字が跳《と》びはね、字がわーい！　とさけび、字がうたってる。

1　わたし、オクトーバー・ホルトは、テムズ川泥ヒバリ
協会児童部に入会を希望します。

両親／保護者署名《ほごしゃしょめい》の欄《らん》に、そのひとの名前が濃《こ》い青のインクで書いてある。

会に入るのには、**条件**《じょうけん》がある。

もちろんだよね。

そんなにかんたんにいくはずないもの。

この家では、かんたんなものはひとつもないんだから。

父さんに会いにいくと約束しなければ、会に入って正式な泥《どろ》ヒバリにはなれないんだって。

ぐだぐだ、ぶつぶつ、ぶーぶー文句《もんく》をいったけど、最後にはうなずいた。なによりも泥ヒバリになってテムズ川にいきたいし、もしかして、ほんとにもう片方《かたほう》の指輪を見つけられるかもしれないし、そしたら父さんに物語を話してあげることができるから。

そのひとが、コンピュータにつないである**スキャナー**という平たくて黒い箱に申しこみ書を入れ、カチッと魔法《まほう》のボタンを押《お》すと、申しこみ書はぴゅーっと何千キロも先の別のコンピュータにとどいた。送りたいと思ったら、世界じゅうに自分の言葉をとどけることができるとそのひとがいうから、

オーストラリアやアフリカやイタリアやアメリカのひとと話したくなり、それからア行の国ばかりだと気がついて、わたしはそういう国のひとをだれも知らないんだと思った。

学校は、**冬休み前の最後の週**とかになる。それは、どっさり映画《えいが》を見るということで、みんなは何度も見ているから台詞《せりふ》をそらでいえるけど、わたしは映画を一度も見たことがないから、どれもとってもおもしろくて、音が大きく聞こえて、その子の名前をぬすみたい魔女《まじょ》から両親をブタに変えられてしまった女の子の物語に夢中《むちゅう》になる。ベネット先生は、少しだけでも勉強しなきゃといって、みんなをぐるぐる巻《ま》きにするようなむずかしい算数の練習問題を出してくる。わたしはなんとか解《と》こうと必死になったから、終業のベルが鳴ったときに、はじめてぎょっとして飛びあがらなかった。そのあとで、だれかに贈《おく》るカードを作った。父さんにあげるトナカイのカードは、角《つの》がついた帽子《ぼうし》をかぶった、病気のネコみたいだけど、ユスフはすごくやさしく**芸術的《げいじゅつてき》じゃん**といってくれる。それから、紙で雪の結晶《けっしょう》を作ることになって、はさみでチョキチョキやり、これでできるのかなって信じられなかったけど、紙を広げるとちゃんと結晶の形の穴《あな》が開いてい

て向こうがのぞける。ユスフとマリアムは何百個《こ》も作って、でもどれもちがう形だから本物の結晶そっくりで、教室の天井《てんじょう》から垂《た》らした糸につけたら、まるで教室が外みたいで、冬という言葉が特別の呪文《じゅもん》になる。

ユスフもテムズ川泥《どろ》ヒバリ協会児童部に入れるように、コンピュータに入れなきゃいけない言葉を書いてあげる。ユスフはわたしの相棒《あいぼう》で、仲間で、秘密《ひみつ》を見つけようとしていて、わたしは友だちだと思っている。正式に泥ヒバリになれるとわかって、ユスフはうれしくて、わくわく、そわそわ、ドキドキしていて、帽子や、ティーシャツや、バッジがもらえるといいなというから、わたしはそうは思わなかったけど、ぜんぜん口をはさめないで聞いていると、わくわくがわたしに伝染《でんせん》し、花が開いて満開になってつつみこみ、ユスフといっしょに、わたしも運動場で飛んだりはねたりした。**冬休みのあいだ、毎日いこうぜ**とユスフはいい、その言葉もジャンプするたびにいっしょに飛びはねる。

学期の最後に集会があって、みんななにも読まずに歌をうたうのに、わたしはずっと黙《だま》っていなくてはいけなくて、そのうちに同じ言葉がくりかえし出てきたのを脳《のう》がキャッチしたから、屋根までとどくほど大きくなっていく歌声のなかで小さな声でうたった。

テムズ川は、波に乗せて秘密《ひみつ》を運んできます。

テムズ川は、波に乗せて秘密を運びさっていきます。

満《み》ち潮《しお》も引き潮も、そのたびにちがう物語を話してくれます。

一日に二回テムズ川の潮は引いて、なにか新しいものを見せてくれます。

こう話している女のひとは、泥《どろ》が千層《そう》もこびりついた黒いゴム長靴《ながぐつ》をはいて水際《みずぎわ》に立っている。わたしのゴム長は新品で、明るい赤で、ぴかぴかしすぎている。これは、ちょっと早めのクリスマス・プレゼント。なぜかというとわたしの黄色いゴム長にはひびが入っていて、はいたら片方《かたほう》の爪先《つまさき》に穴《あな》が開き、もっとはきたかったのに母親とかいうひとが**それは、**

もうはけないわよといったからだ。ユスフのは緑のゴム長で、消えかかった恐竜《きょうりゅう》の絵がついていて、ちっちゃなステゴザウルスを見ながら、そのゴム長すきっていったら、ユスフは**黙《だま》れよ、まだはけるからはいてけっていわれたんだからな**っていうから、わけがわからなくなった。わたしのにも恐竜がついていたらいいのに。

潮《しお》の満《み》ち干《ひ》の話をしているひとはケイトさんといい、牛みたいに鼻に輪をつけていて、わたしもそういうのをつけたいなと思った。ケイトさんは、泥ヒバリ協会児童部の係で、会に入っているのは、いまのところわたしとユスフとティリーという女の子だけ。ティリーはほとんど口をきかず、髪《かみ》を二本のおさげにしていて、それがすごく長いから、何度もしゃがむたびに先っぽをズボンに入れている。

ケイトさんは、タカだ。しゅーっと目を走らせ、すばやく獲物《えもの》を見つけると、さっとおそいかかる。手にした黒いかたまりをふると、カラカラと鳴る。**これは牛につける、ちっちゃなベルよ。農場のひとたちが、牛や馬を船で運んでくることがあって、そういう牛や馬が船から落ちて、おぼれたりしたの。牛のベルは、前も見つけたわ**といってまたかたまりをふり、**このなかには三百年前のエンドウ豆が入ってるのよ**という。ユスフはべえっと舌《した》を出して、ぜったい**新しいエンドウ豆よりまずいぞ**っていう。わたしはエンドウ豆がすきだからシーッといって、ケイトさんの話に耳をかたむける。

ケイトさんは宝物《たからもの》の探《さが》し方《かた》や、見つけたものをノートに書くやり方を教えてくれ、川が冷たい水の毛布《もうふ》を引っぱる前に水際《みずぎわ》を荒《あ》らしてはいけませんという。泥《どろ》をあんまり深く掘《ほ》ってもだめで、そんなことをしたら**退場**《たいじょう》だって。それからケイトさんがユスフの顔を見ると、ユスフはにーっと笑って、シャベルを持った手で敬礼《けいれい》する。

泥ヒバリは自由だ。わたしは、歴史《れきし》から飛びだした泥ヒバリの子ども。わたしは、しのび歩きながら食べ物を探す野生の獣《けもの》。宝を求めて航海《こうかい》する海賊《かいぞく》。事件《じけん》の鍵《かぎ》を探《さぐ》る探偵《たんてい》。リズムに乗って宝を探していると、とっても新しくて、とってもなつかしい気持ちになる。宝を探す地面は粘土《ねんど》と泥と川の水と石ころで、黒い土と根っこと木の葉とスゲの草むらじゃない。空気には街のよごれがついていて野生の匂《にお》いがしないけど、さっと目を走らせ、さっと手をのばし、なんにも見つからない宝探しに夢中《むちゅう》になっているうちに、あたりのなにもかもがひとつに溶《と》けていく。わたしのするどい目は、宝物と宝物が持っている物語だけを探している。

指輪は、見つからない。潮《しお》が持ってきたもののなかに金色にかがやくものがなくてがっかりしたけど、わたしのまわりにないだけだ。わたしのバケツに入っているのは、ローマ時代のコインと、こわれた粘土のパイプふたつと、陶器《とうき》のかけらと、また見つけた渡《わた》し船《ぶね》のメダルと、とっても気に入ったもの――鍵だ。オレンジ色にさびついて、いっぽうのはしがうずまきみたいになっていて、もういっぽうのはしには鍵穴《かぎあな》にカチンとはまるぶあつい歯がついている。別の世界にいける戸棚《とだな》や、魔法《まほう》の呪文《じゅもん》が入った箱を開けられるかも。それか、ふたつきの大きな箱に閉《と》じこめられた霊《れい》を逃《に》がしてあげられるかもしれないし、テムズ川の鉄のような冷たい流れの下に永遠《えいえん》に消えたお城《しろ》の門を開けることができるかも。

おもしろいものは博物館《はくぶつかん》いきとケイトさんがいったから、もう少しでだまっているところだったけど、さっき**退場**っていわれたし、潮が引いては満ちてくるたびに新しいものが見つかると思ったら、退場させられて、そういうものを見つける機会をのがしたくない。で、最初は鍵じゃないものを見せると、ケイトさんはノートになにか書く。それから、陶器のかけらを冬の太陽にかざし、**えーっ、これは陶器じゃなくって骨《ほね》よ！**　という。近づいてよく見ると、ケイトさんは小さな骨のかけらのひびに指をすべらせて、たぶん牛か羊の骨というから、人間の骨じゃなくてがっかりしたような、ほっとしたような気持ちになった。水に洗《あら》われて真っ白になった骨はケイトさんの手のひらでかがやき、また、ひとつの物語のかけらになる。それから鍵を見せると、ケイトさんは、これは十九世紀《せいき》のヴィクトリア朝のもので、わたしも先週ひとつ見つけたといい、これでどんなものを開けられるか想像《そうぞう》するだけで**すてきよね**というからうなずくと、鍵をかえしてウィンクしてくれたから、うれしくて息もできなくなる。

この鍵は、森を離《はな》れてから見つけた最高の宝物だ。

ユスフはスニーカーの片方《かたほう》を見つけたけど、どう考えたってヴィクトリア朝のものではなくて、ネズミが住みかにしていたみたいにくさかったのにバケツに入れている。それから、渡《わた》し船《ぶね》のメダルをひとつと、粘土《ねんど》のパイプをもうひとつと、コインをひとつ見せてくれ、コインはわたしの見つけたものより古くて、羽ばたいている鳥が浮《う》き彫《ぼ》りになっていて美しいので、ちょっとだけうらやましい。

探《さが》している指輪は見つからなかったけど、今度来たときは新しい物語を見つけることができる。

家に帰って、お風呂《ふろ》に入ると、お湯に泥《どろ》が混《ま》じって灰色《はいいろ》の川になった。身体をきれいにしてから、わたしの小さな机《つくえ》に昔の暮《く》らしのかけらを一列にならべ、かけらが生まれた、あらゆるしゅんかんを思《おも》い浮《う》かべる。まだ、かけらの物語を頭のなかからふりだしたりできないけど、ちょっとだけ近づいた気分になる。

ユスフは毎日ふたりで泥ヒバリになりたいと思っているけど、集まるのは日曜だけだし、クリスマス過《す》ぎまではないから、かわりに学校のそばの公園で宝探《たからさが》しをすることにした。ユスフは、びんのキャップを十七個《こ》とこわれたボールペン、わたしは青いガラスのかけらと、食べ物のつつみ紙と、ビニール袋《ぶくろ》を見つけた。海の青をしたガラスをそっとさわったけど、なんにもお話をしてくれないし、下のとがったところが指の腹《はら》にふれていたかったから手をひっこめた。

ユスフはとっくに探すのをあきらめて木のベンチにすわり、怒《おこ》ったドラゴンみたいに白い息を吐《は》きながら、びんのキャップを自分の頭文字のY《ワイ》の形にならべている。それから、両手でガラガラとやって、わたしのためにオクトーバーのO《オー》をつくり、**キャップもちっちゃなOの形だから、頭文字が何倍にもなったね**という。わたしもベンチにすわると、ユスフはまたキャップをガラガラとやって別のアルファベットを作っている。わたしがクンクンと空気をかいだら、ユスフが肩《かた》でわたしを押《お》して、**変なこととやんなよ**とぶつぶついうけど、空を見上げると雲がどんどん濃《こ》い灰色《はいいろ》になってふくらんできている。**雪だよ。**そういうと、ユスフもなにもない空をすかして首を横にふったけど、わたしはまた匂《にお》いをかぎつけて手を差しのべる。

雪。

ひらひらと舞《ま》う雪のなかを、ふたりでくるくる踊《おど》りまわる。雪は、きたない灰色がかった芝《しば》生《ふ》の上に真っ白な毛布《もうふ》をしき、枝《えだ》のあいだを舞いあがる。わたしは舌《した》をつきだして、冬を味わう。

母親とかいうひとの気持ちは、変わらない。

わたしは、どうしても父さんに会いにいかなきゃいけない。森を離《はな》れてからずっと、父さんに悪いことをしてしまったという気持ちが霧《きり》みたいに肩《かた》にのしかかり、会いにいくたびにびくびくしていた。だけど、わたしのほうが父さんに腹《はら》を立てたのは、お昼に食べようと思ってた最後のインゲン豆のトマト煮《に》の缶詰《かんづめ》を食べられちゃったときだけで、そのときだって、すぐに怒《おこ》っていたのを忘《わす》れてしまった。

だけど、今度はちがう。わたしは怒っている。

父さんは、母親とかいうひとの味方になった。

父さんとわたしは、いつも味方どうしで、はしからはしまでぴったりくっついていて、なにかがもぐりこんだり、しのびこんだりするすきまはなかったのに。それがいまは、しっかりしていた縫《ぬ》い目《め》がほどけかかっていて、それも父さんが自分で糸を引っぱっているみたいなのだ。

病院に着いたら、父さんが椅子《いす》にすわっていたから、世界がちょっとばかりななめになったような気がする。父さんは長いことあお向けに寝《ね》ていたので、ずいぶん姿勢《しせい》の角度がちがっていて、ふしぎな感じ。身体をまっすぐにしている父さんは、とってもやせているし、顔の色もうずをまきながらすっかり下に落ちて、ソックスのなかに隠《かく》れてしまったんじゃないのかな。

看護師《かんごし》さんがやってきて、まだ立ち上がれないけど、すわれるなんて**えらい、えらい！** なんて赤ちゃんをほめるときみたいにいうから、チッといってやった。

父さんは、わたしが一度も見たことのないやわらかそうなズボンとティーシャツを着ている。いつだって、森の木でこすれてひざのぬけたズボンと、一歩ごとに泥《どろ》を落とす重い長靴《ながぐつ》をはいていたのに。父さんが手を差しだす。わたしはまだすごく父さんに怒っていたけど、いい子にならないと永遠《えいえん》にロンドンに閉《と》じこめられちゃうから、がまんしなきゃ。

わたしがベッドにすわって足を組むと、父さんは変わったことなんかなんにもないって顔でにんまり笑い、丸いカードが入った缶を見せて、**理学療法士**《りがくりょうほうし》さんによると**いままで最高におもしろいゲーム**だそうだという。わたしはその缶を床《ゆか》にはらい落としたくて、さけびたくて、どんなにスティッグが翼《つばさ》を広げるのが見たいか、おなかをすかせたときのチュッチュッという鳴き声が聞きたいか、部屋のなかを歩くわたしを追うガラス玉みたいな瞳《ひとみ》が見たいかいいたくなって口を開くと、父さんはわたしをじっと見て、こういう。

いちばんいいと思ったことが、いつも正しいとはかぎらないんだよ、オクトーバー、オクトーバー。

それから、ちらっと、とっても悲しそうな顔をしたから、わたしは口を閉《と》じて缶《かん》のふたを開けた。そしたらいままでで最高じゃないけど、かんたんで、おもしろくて、よく考えられていて、怒《おこ》ってるんだぞってずっと思ってたのに、その気持ちをつぎに出た当たりのカードが飲みこんでしまい、父さんより速くカードを全部取ることができて、ほとんどいつも父さんよりすばやい。だけど、父さんの背骨《せぼね》はこわれたはしごみたいになってるから、ちゃんとした勝負とはいえない。

父さんが、さっと一枚《まい》カードを取ってから、**野生にもどさなきゃいけないものもあるってこと、知ってるよね**というから、うつむいてじっと両手を見つめ、ぴかぴかで、清潔《せいけつ》で、白い半月がくっきり見える爪《つめ》と、ロンドンのせいですべすべになった皮膚《ひふ》を見ていた。**オクトーバー、オクトーバー、自分がどんなに愛していても、いかせてやるほうが親切なこともあるんだよ。**父さんの声は雨のしみこんだ土よりやわらかく、わたしはプラスチックみたいなマットレスに指を食いこませて、スティッグが見上げている針金《はりがね》の網《あみ》のもようの空を思《おも》い浮《う》かべながら父さんを見ると、父さんはなにかの思い出を見つめているような目をしていて、ほんとにスティッグのことを心配してるのかなと思った。

そのひとがむかえにきたときには、スモッグでよごれた空に、針《はり》でつついたように星がまたたきだし、寒さが骨《ほね》に巻《ま》きついて皮膚をちりちりさせた。

自分がどんなに愛していても、いかせてやるほうが親切なこともあるんだよ。

父さんの言葉も骨に巻きついて、きびしい風よりもっと皮膚にいたい。目に見えないなにかが切《き》り離《はな》され、わたしはふわふわと宙《ちゅう》に浮き、父さんからも、森のうちからも、わたしだけの野生の世界からも離れていく。

夜は、冬と地面とバスと、風につかまえられた何千という夕食が混《ま》じりあった匂《にお》いがする。駐車場《ちゅうしゃじょう》を歩いているとき、そのひとが足を止めて、濃《こ》くなっていく薄闇《うすやみ》を指さすと、赤茶色のものが尻尾《しっぽ》をひとふりして影《かげ》に溶《と》けこんでいく。キツネだ。

暖炉《だんろ》でおどる火の指
たき火の炎《ほのお》
うちで作った、ねとねとのキャンディ
長靴《ながぐつ》の下でキュッキュッと鳴る真っ白な雪
手《て》編《あ》みのクリスマス・ストッキング
百枚《まい》のつつみ紙のそれぞれの間に、なにかが隠《かく》れているプレゼント
霜《しも》できらきらかがやく枝《えだ》にのぼること
古い歌を伴奏《ばんそう》なしにうたうこと

凍《こご》えるように冷たい池に、足の指を入れてみること
毛布《もうふ》にくるまって、外で飲む熱い紅茶《こうちゃ》
完璧《かんぺき》なクリスマス。

ロンドンのクリスマスは
溶《と》けかかった灰色《はいいろ》の雪
かざりをつけた、一本だけのさびしい木
その木が空中に吐《は》きだす、死にかけた息
新しく編んだ

去年とはちがうクリスマス・ストッキング
脂《あぶら》と石油と機械油の重たい匂《にお》い
ラジオから流れる、わたしのうたえない歌
なにもかも家のなか　家のなか　家のなか
心配だけ　心配だけ　心配だけ

父さんの病院に出かけるとちゅう、わたしはぴりぴりしていて、血管《けっかん》のなかで血が火打石みたいにパチパチ火花を散らしていた。道路は空っぽで、バスの真っ赤な色もなく、だれかがロンドンをひっくりかえして、みんなを外に出しちゃったみたい。前は、こういうほうがいいと思ってたけど、なにかを失くしてしまったような感じがする。

新しい病院には、キツネの尻尾《しっぽ》みたいにふさふさで、きらきらしたひもが天井《てんじょう》にわたされ、ここでも悲しい木が小さな電球に巻《ま》かれていて、看護師《かんごし》さんはみんな色のついた帽子《ぼうし》をかぶり、笑ったり、宝石《ほうせき》に見えるようにつつんだキャンディを食べたりしている。いつもの鼻につんとくる清潔《せいけつ》な匂《にお》いに、なにかのスパイスや、なにかのあまい香《かお》りがまぶされていて、おなかがグウグウ鳴りだす。朝、**ミンスパイ**を二個《こ》食べたのに。ミンスってひき肉のことだけど、ひき肉なんてちっとも入っていないのにはじめて気がつき、そのあとでクリスマス・ストッキングの底に入っていたマースバーも食べた。

父さんも帽子をかぶって大きな椅子《いす》にすわっていたから、王座《おうざ》にいる変てこな王さまみたいだ。ウィスキーのグラスを手にして目をきらきらかがやかせ、背筋《せすじ》をまっすぐのばしているので、今日は骨《ほね》も筋肉《きんにく》も悲鳴をあげてないのかも。父さんはグラスを上げてみせ、そこへ看護師さんが飲み物をのせたワゴンを押《お》してきて**クリスマスですからね**といい、母親とかいうひとは濃《こ》いワインが入ったグラスを手にとり、わたしはレモネードを選ぶ。看護師さんがレモネードに四角い氷を入れてくれたから、南極から取りよせた飲み物みたい。レモネードは舌《した》の上でシユッとはじけ、鼻につんときてくしゃみが出たから、みんなが笑いだし、おいしくて、きりっとしていて、あまいので、ちびちびちびちびちびすする。

〈病気のネコみたいだけど、ほんとはトナカイ〉のクリスマスカードをあげると、父さんは大笑いしすぎてなみだまで浮《う》かべる。そしたら、母親とかいうひとの顔に、なにかがさっとよぎった。父さんがカードを気に入ってくれたから、胸《むね》が爆発《ばくはつ》するくらいうれしくなって、わたしから離《はな》れたりできないでしょうといおうと思ったら、父さんはカードを下に置く。カードが悲しそうに横向きになり、くしゃくしゃになったのに、父さんは気がつきもしない。

三人いっしょにプレゼントを開けると、わたしへのプレゼントが去年よりどっさり。わたしがクリスマスにもらっていたプレゼントはいつもひとつだけで、木の宝箱《たからばこ》みたいに父さんがまわりの世界から作ったものか、村でこっそり買ってきたものだった。わたしの古い黄色い長靴《ながぐつ》も。この長靴は捨《す》てるといったけど、いまでも大事にベッドの下に隠《かく》してある。

今日、わたしがもらったプレゼントを全部いうと

表紙にわたしの名前が書いてある
ノート

筆箱
箱の横に木立がずらりと描《か》いてあり
ボールペンが入ってる

明るい緑の手袋《てぶくろ》
母親とかいうひとが
ひまをぬすんで、こっそり編《あ》んでくれた

新しい移植《いしょく》ごて

バケツ
わたしの名前がくるくると金色の字で書いてある

それから、泥《どろ》ヒバリと
泥ヒバリが見つけたものについて書いた厚《あつ》い本

どれも完璧《かんぺき》に選んであって、なにもかも特別にわたしだけに作ってもらったみたいで、いくつかは本当にそうだけど、もしも山積みになった物のなかからわたしを作りだすとしたら、山から取りだすのはこういう物なんじゃないかな。だけど、あんまりどっさりあるせいで胸《むね》が押《お》さえつけられたみたいだし、どれもとっても美しいから、そういうものがわたしを新しい暮《く》らしにピン留《ど》めするような気がして、いったいどこを見たらいいか、プレゼントをどうしたらいいかわからなくなって、かたまってしまう。父さんが、骨《ほね》が皮膚《ひふ》をつきやぶるんじゃないか心配になるような姿勢《しせい》で向きを変え、**なんていうんだね？　オクトーバー、オクトーバー、どれも母さんが買い物にいって、そろえてくれたんだよ、すばらしいじゃないか**といったのに言葉が出てこないでいると、そのひとがわたしの腕《うで》に手を置いて**ちょっと多すぎたかしらね**といい、胸《むね》から空気がシューッとぬけてうなずくと、父さんがなにかいったけど、わたしは**ありがとう**といったからなにをいったのか聞こえなかった。

　まっすぐにそのひとの顔を見ると、目がきらきらかがやいていて、瞳《ひとみ》は野生のサクラの葉っぱみたいな緑で、わたしの目と同じ色だ。

　家にもどると、わたしはまたプレゼントを見て、ノートを開いたら、そのひとが濃《こ》い青のインクですらすらと書いた文字がある。

あなたのすべての物語のために

まっさらな新しいページが、言葉をほしがっている。

宝箱《たからばこ》を開けて底を探《さぐ》り、なんでも開けられるか、なにかを開けられるか、それともなんにも開けられないかもしれないヴィクトリア朝の鍵《かぎ》を取りだして、そのひとの枕《まくら》の上に置いた。

ロンドンのおおみそかは、**すっごくうるさい。**

母親とかいうひとが、ユスフと宝探《たからさが》しをした公園にわたしを連れていき、ふたりで地面ではなく夜空を見上げる。寒くて冷たい風がほおを焼いたけど、緑の手袋《てぶくろ》をはめた両手はトーストみたいにあったかい。あっちにも、こっちにもひとが集まっていて、何人かはまぶしくかがやくアームバンドを手首に巻《ま》いており、その光が暗闇《くらやみ》を区切っていく。母親とかいうひとが、身体の前に光るアームバンドをどっさり乗せた板をくくりつけている男のひとからひとつ買ってくれ、光っている謎《なぞ》を知りたくてじっと見たけれどさっぱりわからなくて、まるで魔法《まほう》の杖《つえ》みたい。そのひとが、どうやって手首に巻くか教えてくれたので、シューッと空中に腕《うで》をふるとホタルみたいな光の筋《すじ》ができる。

　母親とかいうひとに、いまに空にも光があらわれて、それは**とっても、とっても大きな音**を出すから、耳の穴《あな》に指をつっこんだほうがいいといわれたけど、わたしはドカンッとか、ヒューッとか、キイイーッとかいう音が頭のなかで鳴ったって、耳をふさぎたくない。森では、新年をむかえるお祝いにたき火を燃《も》やし、真夜中は煙《けむり》と星の匂《にお》いがした。ここでは、真夜中になると空が爆発《ばくはつ》していろんな色が飛びちり、こわくて魔法みたいで、すごくて美しい。火花と、光の雨と、星と、きらきらのダイヤモンドのかけらと煙が、見わたすかぎり広がる夜の真っ黒なカンバスにはじけ、あらあらしくて勇ましくてかがやかしくて、とっても、とっても、とーってもすき。

新しい年のいちばんはじめの日に病院にいくと、父さんはまっすぐに立てるようになっていて、手すりをつかんで、生まれたばかりのシカみたいにふるえる足で歩いたけど、三歩進んだところで足をすべらせて椅子《いす》にしりもちをつき、ひたいは汗《あせ》びっしょりだ。生まれてはじめて父さんが悪態《あくたい》をつくのを聞いた。去年のこの日は、父さんがトネリコの木を三本切りたおしているあいだ、ふたりで細い足をしたカラスの群《む》れがカーカーと鳴くのに耳をかたむけていたっけ。花火の魔法は頭のなかで溶《と》けていってしまい、父さんとわたしが持っていたすべても夜空の花火みたいに消えているのではと思うと悲しくてたまらず、心がざわざわする。

　一年からすぱっとそこだけ切りとったようなクリスマス休暇《きゅうか》が終わって、今日は、はじめて学校にいく日。学校のゴムみたいな匂《にお》いも耳をつんざくようなベルも、灰色《はいいろ》の平べったい運動場も恋《こい》しいと思ったことはないけど、ユスフが毛羽だった黄色いテニスボールを壁《かべ》にぶつけているのを見たら、なんだかふわっと温かくなる。花火や、もらったばかりの泥《どろ》ヒバリ用のプレゼントのことを話したいと思ったけど、おおぜいの子がユスフを取りかこんで、ぐいぐい押《お》したり、ワイワイ声をあげたり、冬休み中のことを話したりしているので、もっとあとで話そう。

　ベネット先生が、わたしとユスフを席につかせ、**発表会の研究**は進んでいるのかときくけど、わたしたちはまったくなんにもしていない。そのことは話しちゃいけないってユスフにいわれてるから、わたしはうなずいただけなのに、ユスフは**おれたちの研究**はすっごくうまくいっているという。うそばっかり。おなかがねじれて、いくつも結び目ができて気分が悪くなる。教室のホワイトボードに名前を書かれたり、いのこりさせられたり、親に手紙を書かれたりする子もいるから、学校の勉強がわたしたちをすっぽりつつんでしまうくらい、とんでもなく大きな問題だってことくらい、わたしだってわかってる。

そのことを休み時間に話そうとしたけど、ユスフはほかの子と遊んでいて、大なわとびをしながら、いーち、にいと数をかぞえたりしているから、ちょうどとび終えたときにいおうとしたけどできない。ぎざぎざになった爪《つめ》をかみながら、フェンスにくたっとよりかかって、なわが目の前でまわったり、はねたりして、すばやい足がじょうずにとびこえたり、ぐくったりするのを見ていたら、父さんが三歩しか歩けなかったのを思いだして、父さんはぜったいなわとびができるようにはならないだろうなと思った。わたしはただユスフとベンチにすわって、兄さんのイビがプラスチックのお皿を電子レンジに入れたら、派手《はで》な青い水たまりみたいなものになっちゃって、レンジから流れ出た青いどろどろがいろんなものにくっついて調理台がめちゃくちゃになったっていうような、バカみたいな話をしたいだけなのに。両手に顔を押しつけると、世界が真っ暗になる。さびしい暗闇《くらやみ》のなかで、しばらくそうしていると、あたりの音が消えていく。そのときトンとちっちゃな音がして、ふわっとだれかの温もりを感じた。指のあいだからのぞくと、わたしのと同じ黒い靴《くつ》が見えたけど、靴ひもにはデイジーの花のチャームが結んである。左を見たらデイジーがそっと笑いかけ、つぎに遠くに目をやってから、ひざに置いた本を読みはじめる。そのまま、ふたりで黙《だま》ってすわっているうちにベルが鳴り、いっしょに教室にもどった。

わたしがデイジーのとなりの席にすわると、ユスフは変な顔をしたけど、二秒あとにトゥンデがユスフの横にすわり、鉛筆《えんぴつ》を剣《けん》のかわりにして、青いセーターを着た騎士《きし》みたいに戦いはじめる。

デイジーの本のページをいっしょに見たら、とっても美しい物語なので、ページのなかに飛びこみたくなった。

終業のベルが悲鳴みたいな音で鳴ると、通学カバンを肩《かた》にかけたユスフがぶらぶらやってきて**どうしたんだよ、オクトーバー**ってきくけど、なんて返事をしたらいいかわからない。やっと口を開こうとしたとき、トゥンデとハリーがやってきて、ユスフにサッカーボールを投げ、声をそろえて**あーそーぼ、あーそーぼ**といい、ハリーが**ユスフ、来いよ**っていうから、わたしのいいたいことは、こそこそと口のなかに引っこんでしまう。ユスフが肩をすくめて通学カバンをかけなおし、ドアのほうにいこうとしたとき、ふいにわたしの口から大声が飛びだした。

あんたはわたしの友だちなのに、いっつもわたしを置いていっちゃうんだで、自由研究だっていっしょにやらないし、何度も、何度も、何度も、わたしをがっかりさせるんだね。

両わきでこぶしを丸め、身体のなかが怒《いか》りで燃《も》えて、真っ黒になる。

ユスフが、びっくりした顔でふりむくと、わたしのほっぺたは火の玉みたいに熱くなる。

いままでに見たことのないなにかを、ふっと顔に浮《う》かべてから、ユスフは聞きとれないくらい静かな声で**なあ、おれたち、いっつもコンビでいなくてもいいんだよ**といい、教室を出てハリーと、トゥンデと、待ちかまえているサッカーボールのほうにいってしまった。その週はずっと、わたしはデイジーのとなりにすわり、ユスフは友だちのあいだをツバメみたいに飛びまわっていた。

はじめての友だちとはじめてけんかしたあとの泥《どろ》ヒバリの会は、日曜日。ユスフとわたしが石ころだらけの波うちぎわにちょっと間を置いて立っていると、平らな川面を吹《ふ》きぬける氷みたいな風のとがった歯がかみついてくる。わたしは新しいバケツと、新しい移植《いしょく》ごてと、新しい手袋《てぶくろ》を持っていったけど、手袋は泥だらけにしたくないから、ポケットに入れておく。よごすのがいやだなんて、いままで考えたこともなかった。ユスフはサッカーチームのバッジがついた新しい帽《ぼう》子《し》をかぶっていて、バッジの下に**マンチェスターユナイテッド**という刺《し》しゅうがある。地図帳を思いだすと、マンチェスターはロンドンから指の長さくらい離《はな》れていたから、ずいぶん遠くにあるんだなと思った。

　ケイトさんは、そんなに遠くない昔、ここからそんなに遠くないところで引きあげられた骸骨《がいこつ》の話をしている。その男のひとは生きていたら何百歳《さい》かで、骨《ほね》は水できれいに洗《あら》われ、革《かわ》の長靴《ながぐつ》は両方ともほとんど昔のままで、生きているときに足だった真っ白な長い棒《ぼう》と短い棒にしっかり靴《くつ》ひもで結びつけられていたんだって。そこまで話したケイトさんは、石をひっくりかえしてなにかを拾ったけど、つまらないものだとわかって話をつづける。**そのころにそういう長靴《ながぐつ》をはいていたのは泥《どろ》ヒバリと漁師《りょうし》だけだから、そのひとはわたしたちの仲間だったのかもね。**つまり、わたしも泥ヒバリだとケイトさんが認《みと》めているんだとわかって、さっと身体が温かくなる。ユスフが**なんで死んだわけ、なんで死んだわけ**ってさわぐと、ケイトさんは肩《かた》をすくめて**うっかり眠《ねむ》っておぼれてしまい、潮《しお》に持っていかれたんでしょうね**といった。

わたしは、ちょっとぞおっとしてテムズ川をながめた。テムズ川は野生で、危険《きけん》で、月の引力でひとを殺すこともあり、そのひとたちを隠《かく》して何百年も秘密《ひみつ》にしている。わたしはテムズ川のトムと、その子のひどい一生と、何年も隠されていたのにどこにもいってしまわなかったちっちゃな骨《ほね》のことを思った。

わたしは、秘密の指輪が隠している答えを、今日も探《さが》しつづけている。タカみたいなするどい目で、さっとつまんだり掘《ほ》ったりしているけど、きらきら光る黄金も、ぴかぴかの金属《きんぞく》もない。冷たい風で手が真っ赤になってから白くなり、頭もがんがんしてくる。今日は物語をひとつも見つけられない。わたしがいちばん話したい物語も。

ケイトさんがわたしたちを呼《よ》んでいる。なにかいいたそうな声だから、ティリーまでそっちを向く。三人で、ごつごつした石やつるつるの小石の上を歩いていったけど、そのとちゅうもわくわくするようなものはない。

ケイトさんは泥のかたまりをかかげて、歯が数えられるくらい、にーっと笑っている。ユスフがティリーを見て、ティリーがわたしを見て、わたしがケイトさんを見ると、ケイトさんは目をくるりとまわして、**勉強しなきゃいけないことは、いっぱいあるのよ**という。それから、水筒《すいとう》の水をかたまりにかけたから、わたしはダイヤモンドか、宝石《ほうせき》か、海賊《かいぞく》の宝箱《たからばこ》から出てきた黄金が出てくるかと見守った。ユスフは、自分が掘《ほ》っているところから金貨が見つかると思っていたところだったので、いらいらと片足《かたあし》ずつ代わりばんこに飛びはねている。

すると、ケイトさんの持っている泥のかたまりが

ちらっと光って、かがやきだす。

さっと日光が射《さ》して、金属だとわかる。

薄《うす》くて、円《まる》いもの。

心臓《しんぞう》が、ひっくりかえりそう。

黄金のきらきら光るもの。

そう、そうにきまってる。

見つけたのがわたしだったらよかったのに。ケイトさんが立っている水際《みずぎわ》を探《さが》せばよかったのに。だけど、わたしには秘密《ひみつ》の指輪があるし、こうして片方《かたほう》の秘密の指輪も見つかったんだから、そんなことはどうでもいい。ふたつの指輪はぴったりあわさって完璧《かんぺき》な物語になり、宇《う》宙《ちゅう》のように回転をはじめるだろう。

胸《むね》のなかで心臓《しんぞう》がサクランボみたいに真っ赤になって早鐘《はやがね》を打ち、息が肺《はい》のなかで留《とど》まって呼吸《こきゅう》ができない。

ケイトさんがどんどん泥《どろ》や川のよごれを落としていくと、ユスフがヒューッと息を吸《す》いこむ。

ケイトさんの親指は、手のひらにあるものの、溝《みぞ》や、まわりや、凹凸《おうとつ》をなでていく。

わたしの指輪じゃなかった。

金貨が一枚《まい》、ケイトさんの手のひらにのっていた。どこも欠けていない、まん丸な金貨。爪《つめ》が皮膚《ひふ》に半円形の跡《あと》をのこすくらい手をにぎりしめていると、ユスフとティリーがもっと見ようとケイトさんにかけよっていく。ユスフは海賊《かいぞく》と宝物《たからもの》のことをぺらぺらしゃべりつづけ、ティリーはケイトさんの手のひらにある金貨のふちを指でなぞっている。

目のふちにあふれてきたなみだを見られたくないから、三人に背《せ》を向けて、自分のバケツのところにもどった。

オクトーバー？

ケイトさんが肩《かた》に手を置いたので、飛びあがった。ケイトさんはびくっとあとずさりしてから、もう片方の手をのばしてくる。手のひらのくぼみに、役立たずの金貨がぺたりと寝《ね》ている。

見てみたくない？

金貨は薄《うす》い日光を受けてウィンクして、わたしと、わたしのバカな考えを笑っている。手に

とって、雲が波立つ鉄色の空に高くかかげると、指にはさんだ金貨《きんか》はずっしりと重くなり、

放り投げて川の水にかえしたら

金貨は謎《なぞ》の下にしずんでいって

見えなくなった。

ケイトさんは、怒《おこ》ってはいない。さけんだり、悪態《あくたい》をついたり、拳骨《げんこつ》をにぎったり、あちこち歩きまわったりもしない。なんにもしなかったけど、ティリーとユスフに泥《どろ》ヒバリをつづけてといってから、**けど、十センチ以上は掘《ほ》っちゃダメ、やったら怒るからね**と念をおし、わたしについてくるようにいって、鋼鉄《こうてつ》のような水に金貨を隠《かく》している川の岸をゆっくり歩いていく。なにもいわずうつむいて、足もとの石に目を走らせている。わたしの目も同じようにしてるけど、交互《こうご》に動く自分の長靴《ながぐつ》しか見えない。

沈黙《ちんもく》がどんどん育って、吠《ほ》えたり、大きく口を開いたりしはじめる。その口を言葉の栓《せん》でふさぎたかったけど、いつもと同じにぴったりする言葉が見つからなくて、ちゃんと形にする前に言葉が口のなかで溶《と》けて、苦くなる。ペッと吐《は》きだすと、ケイトさんは顔を上げて**お行《ぎょう》儀《ぎ》が悪いよ**といい、わたしは飲みこんでから小さな声で**ごめんなさい**といった。ケイトさんはうなずいてから、**ほんとにすばらしいものが見つか**

ったのに、どうしてあんなことしたの？ ときくから、**わたしが思っていたものとちがってたから**と答える。

ケイトさんが、ちょっと驚《おどろ》いて傷《きず》ついた顔をしたので、わたしがスティッグをうばわれたのと同じように、わたしもケイトさんの大事なものをうばってしまったのに気づいて、どういう気持ちになるかわかったとたん、ずっといいたかったことが口からめちゃくちゃに転がりだし、からまって結び目をつくって、知らないまに全部打ち明けていた。父さんが木から落ちて、背《せ》骨《ぼね》が星みたいに放射状《ほうしゃじょう》にくだけて、それがわたしのせいだってこと、森のこと、池にジャンプしたこと、病院のこと、スティッグとひろびろした空と金網《かなあみ》の檻《おり》のこと、母親とかいうひとのこと、ロンドンのこと、学校のこと、自由研究の発表会のこと、指輪と指輪の秘密《ひみつ》と物語と、もうちゃんと物語が話せなくなったこと、ユスフとけんかしたことも。それから、もう片方《かたほう》の指輪を見つけることができたら物語の結末がちゃんとわかるのに、物語をつづる言葉が見つからないし、指輪が見つからなかったら父さんはけっしてわたしをゆるしてくれないし、父さんはわたしをだいすきだといってるのに、わたしから離《はな》れようとしていることも。

うなずきながら聞いていたから、ケイトさんは、わたしのいったことのすべてを頭のなかでなめらかにつなげていったのだと思う。それから**わたしが泥《どろ》ヒバリでいちばんすきなのも、そういうところなの、わかる？** といい、わたしはわからなかったけどケイトさんは話をつづけた。

泥ヒバリは、だれかの人生のほんとにちっちゃなしゅんかんを見せてくれるの。秘密とか、宝物《たからもの》とか、毎日はいていた長靴《ながぐつ》みたいに、なんでもないこともね。だけど、泥ヒバリが見せてくれるのは、そのひとつだけ。そういうちっちゃなしゅんかんだけなの。フロッツァムとか、ジェッツァムって言葉、知ってる？

首を横にふったけど、その言葉の軽いひびきはすきだ。

フロッツァムは漂流物《ひょうりゅうぶつ》、ジェッツァムは投げ荷。船が難破《なんぱ》したときに海に落ちたものと、船を軽くするために水に投げこんだもののことよ。捨《す》てられたもの。捨てられた時間。この世界は混乱《こんらん》してるから、ものだって、いつも落ち着くべき場所にたどりつくとはかぎらないの。そういうものって、なにかについてちょっとだけ教えてくれるかもしれないけど、だれかが感じたことや、考えたことや、望んだことや、自分の正体だってすべて語ってくれるわけじゃない。

それに、どんなものも泥ヒバリで見つけたかけらより大きいよね。だから、のこりの欠けているところを、わたしたちで埋《う》めていくの。お話を作って、欠けてるところを埋めて、物語を完全にする。そして、わたしたちでちゃんとした場所だと思うところに置いてあげるの。あなたも、お父さんの言葉の欠けたところを埋めてきたのよね。でも、それは本当のことじゃない。もうひとつの指輪を探《さが》したりしなくたって、なにもかもだいじょうぶになるのよ、オクトーバ

ー。あなたの人生は、漂流物《ひょうりゅうぶつ》や投げ荷や、捨《す》ててきたしゅんかんや、頭のなかでつむいだ物語でできてるわけじゃないもの。あなたは、お父さんがどんなひとか知ってるよね。お父さんも、あなたのことを知ってる。ふたりで生きてきた時間を、すべて知ってる。おたがいの物語を知ってるんだから、このありのままの世界で、お父さんがあなたを愛するのに物語はいらないし、お父さんはぜったいにぜったいにあなたをどこかへやったり、見放したりしないんだよ。

それから、ケイトさんは地面をさっと見て、石ころみたいなものを拾うと、昔の矢じりだといって、かかげて見せてくれた。**なにもかも、ちゃんとした場所にあるとはかぎらない。それに、どんなお話も完璧《かんぺき》な終わりかたをするとはかぎらないよね。だけど、どんな結末になるかは、あなたにまかされてるって思わない？**

まわりの世界の壁《かべ》が、ちょっとだけ開いたような気がする。その壁をつきやぶって、なにかやらなきゃ。わたしは勇敢《ゆうかん》に、野生にならなきゃ。

身体のなかのなにかがふっと軽くなり、舞《ま》いあがって消えた。生まれてはじめて、そして永《えい》遠《えん》に。わたしと父さんを結びつけるために、指輪を探《さが》す必要はない。わたしが自分自身でやれる。

ケイトさんは、わたしの背中《せなか》をぽんとたたいていった。**あそこにいる恐竜長靴《きょうりゅうながぐつ》くんのことなら、わたしにまかせといて。いいわね？**

ケイトさんに呼《よ》ばれてやってきたユスフは、うつむいて、恐竜長靴の先で地面をぐりぐりやっている。なにがあったのかケイトさんにきかれると、ユスフはほっぺたを真っ赤にして、いいかえしたのは悪かったし、自由研究もちゃんとやらなきゃいけなかったというから、わたしは悪いのは自分のほうだと思った。だって、どなったのはわたしだし、自分だけがユスフの友だちになりたいなんてまちがってるし、こっちも自由研究をちゃんとやらなきゃいけなかったから。それをすっかりいうと、ユスフがしめって泥《どろ》だらけの手を差しだすから、エヴェレット先生にやったみたいにその手を両手でにぎり、キツネと獲物《えもの》のウサギのあくしゅをしてぶんぶんふりまわすと、ユスフは大声で笑いだす。

ケイトさんはうれしそうな顔をして、バカだねというようにふたりの耳のあたりをパンチするふりをしてから、背をすっとのばして、**ところで、その自由研究ってどんなものなの？** ときいてきた。

家に帰ってから、わたしはケイトさんのいったことを新しいノートに書き、それを何度も何度も読みかえしているうちに、思いついたことがあった。

その日の夕方、車でフクロウ保護《ほご》センターにいく。きっと、これが最後だ。

スティッグは、たくましい。

　スティッグは、野生だ。

スティッグは空に放たれる。

　空が両手を広げて、スティッグを待っている。

日が暮《く》れかけ、光が闇《やみ》に溶《と》かされて星になっていく。ジェフさんはスティッグを特別製《とくべつせい》の木箱に入れて、その箱をセンター近くの草原にある新しい金網《かなあみ》の檻《おり》のなかに置いていた。姿《すがた》は見えないけど、キイキイ、ギャーギャー鳴く声が聞こえる。前とちがった声で、ずっと大きいけど、スティッグの声だとはっきりわかるから胸《むね》のなかがぎゅっと引っぱられる。ジェフさんが両手にはめた手袋《てぶくろ》を見たら、ロンドンの枕《まくら》の下に押《お》しこんだままにしている、タカの訓練用の手袋を思いだした。かたっぽだけの、空っぽで、使われたことのない、ひとりぼっちの、役立たずの手袋。胸の引っぱられたところが、傷《きず》になっていたむ。

放したら、ぼくたちはあの後ろに隠《かく》れなきゃいけないんだよ、いいねとジェフさんはいい、細長いのぞき穴《あな》がある木の塀《へい》を指さす。母親とかいうひとがうなずいてから、**すばらしいしゅんかんだわね、オクトーバー**とささやくから、うっかりうなずきそうになったけどやめた。わたしにはすばらしいしゅんかんとか完璧《かんぺき》な終わりなんかじゃなく、スティッグにとって……ということだから。

ジェフさんは檻に入ると入り口を大きく開け、スティッグの木箱の戸を開けた。それから、すばやく檻から出て、三人で木の塀の後ろに隠れて見守る。まわりの空間が、わたしの息でいっぱいになり、心臓《しんぞう》がのどに詰《つ》まって、落っこちて、回転しはじめる。

スティッグは、最初にくちばしをのぞかせた。それから、ゆっくりと、箱から姿をあらわす。美しい。主翼羽《しゅよくう》がすっかり生えそろい、胸がふくらんでいる。ハート形の顔の目が絵筆でさっと描《か》いたようで、ふわふわだった羽毛が、磁器《じき》みたいに真っ白でつやつやしている。たくましくて、それと同じくらい繊細《せんさい》な姿《すがた》で、箱の入り口のステップにちょんと乗ってから、広い世界に出てくる。それから、くちばしを開き、ひと声鳴いて、あたりの空気をたしかめた。わたしを、呼《よ》んでいるんだ。走りよって檻《おり》の戸を閉《し》め、地面にすわってひざの上にだきたい。バカみたいな歌をうたって、餌《えさ》のネズミを投げて、羽をなでて、ぜったいに、ぜったいに離《はな》したくない。でも、スティッグは

檻《おり》の金網《かなあみ》に先がふれるくらい
翼《つばさ》を大きく広げ
ちょっとだけちょんと跳《と》び
またちょんと跳んでから
羽ばたきはじめ

空気と、翼と、かがやかしい白と金がわっとはじけると
夕闇《ゆうやみ》のなかにさあっと舞《ま》いあがり

自由になった。

広い空をななめに舞い、向きを変え、急降下《きゅうこうか》し、輪を描《えが》き、その姿は花火より、雪より、宝《たから》探《さが》しより、たき火より、池に飛びこむより、木登りより、ずっと、ずっとすばらしい。スティッグは、本当に野生にかえった。

金色のきらめき。ぴかっとかがやいたなにか。そのなにかがスティッグが夜のなかに、そしてわたしから去っていく前に、いっしゅんだけどたしかに見えた。

わたしは泣けない。泣くもんか。泣く代わりに、金色の光のことをジェフさんにきく。**足環《あしわ》だよ。どんなふうに暮《く》らしているかわかるように、一羽、一羽、全ての鳥につけるんだ。数字がきざんであるから、どの鳥かすぐにわかる。**ジェフさんはちょっと言葉を切り、口を開いているのになにもいわず、すこしばかりはずかしそうな顔になって頭をかいてから、ほっぺたを真っ赤にした。**ほんとは、やっちゃいけないんだけど、足環に名前もきざんどいたよ。数字と**

いっしょに、名前もすぐにわかるように。スティッグ2450ってね。**だから、あの子はずっとスティッグだよ。えっと、きみがいなかったら、スティッグは大きくなれなかったし、きみは名前もつけてやったんだ。だから、えっと、きみはいつもあの子といっしょにいるってわけだ。**それからジェフさんは、なんだかあわててスティッグが入っていた箱や、檻《おり》をかたづけはじめる。母親とかいうひとが泣いているのが聞こえた。

これでよかったんだ。わたしがぽつりというと、そのひとは、緑の手袋《てぶくろ》をはめたわたしの手をぎゅっとにぎった。

ユスフがテーブルの上を何度もならべなおしているから、おなかがむずむずしてくる。粘土《ねんど》のパイプを前に置いてから後ろに置きなおしたり、黒ずんだコインの小さな山を真ん中にずらしたと思ったら、ペットボトルのふたでやったみたいにY《ワイ》の字にしたり、それでも見た目がよくないから、ぶつぶつひとりごとをいって、いらいらしている。わたしだっていらいらしてたけど、火花みたいにはじける気持ちをどうしたらいいかわからないので、ぴくぴくする両手をおしりの下にしいておさえ、吐《は》きたくなりませんようにと心のなかで唱えている。

今日は、五年生と六年生の前でふたりが発表する特別な日だ。ふたりで何か月もかかって調べたことを話すことになっている。たったの四日前に、発表会をすることがきまった。

もう木に登って逃《に》げたりできない。

口をぎゅっと結び、耳の穴《あな》に指を入れて、ずっと遠くの、まっさらな新世界にいる自分を想像《そうぞう》することもできない。

わたしは、いままでに出会ったことのない、はげしい、嵐《あらし》みたいな時間のなかにいる。講堂《こうどう》の大きな両開きのドアが開いて、ケイトさんが入ってきた。とたんに胸《むね》のなかにたまっていた空気がヒューッと逃《に》げだして、まだゴミ箱に吐《は》かなくてもよさそうだと思った。

わたしたちの計画は、こういうものだ。

ケイトさんは宝物《たからもの》のつまった大きな黒いビニール袋《ぶくろ》をテーブルに乗せてから、いつもしてくれるように、わたしの肩《かた》をぎゅっとつかんでにっこり笑い、ユスフにもういいよ、いじらないのという。ユスフは舌《した》を出したけど、うれしそうだ。ケイトさんがビニール袋から泥《どろ》ヒバリで見つけたものを取りだすと、どれもこれもすごい。靴《くつ》、歯、こわれてない花びん、動物の頭蓋《ずがい》骨《こつ》、本物の人間の頭蓋骨、いまわたしたちがいる校舎《こうしゃ》より古い帽子《ぼうし》、自動車より値段《ねだん》が高いコイン。**ポルシェみたいな車じゃないけどね**と、ユスフがいう。それから、いろんな暮《く》らしを作ってきたものの、ちっちゃなかけらたち。

ケイトさんは、黒いゴミ袋をたたんでから外に出ていくと、すぐに園芸センターで買った砂《すな》の袋《ふくろ》を持ってもどってきた。ユスフとわたしで、講堂のステージに砂を広げる。ケイトさんは何度も何度も砂袋を運びこみ、そのうちにステージは砂浜《すなはま》になって、わたしたちの学校にテムズ川が運びこまれ、潮《しお》や、カモメや、泥のにおいがしてくる。ケイトさんの車のトランクは砂袋でいっぱいになったから、石はそんなに持ってこられなかったし、どっちみちテムズ川の石をどっさり運んできたりしてはいけなかったけど、それでもすっごーいとユスフがため息をつく。

それから、宝物をいくつか砂に埋《う》めて隠《かく》す。

五年生と六年生が、ドシドシと講堂に入ってきて、足音のあぶくが天井《てんじょう》まで上がっていくと、さあ、準備《じゅんび》ができた。

ユスフとわたしは、最初に泥ヒバリのことを、ちょっとだけ話さなきゃいけなかった。ユスフの話は完璧《かんぺき》で、顔も言葉もかがやいている。きのうの晩《ばん》、キッチンのテーブルで、豆をのせたトーストを食べながら、ふたりで考えただけなのに。五年生と六年生の顔が一心にユスフを見上げ、もっともっと話してといっている。

ユスフがぴょこんとおじぎをして下がると、みんなが笑いだし、わたしひとりだけになる。言葉につまって話せないと思っていたけど、みんなの上に言葉を投げたら望んだとおりに舞《ま》っていってくれて、池にジャンプしたときみたいな、花火みたいな、自由になったフクロウみたいな気分。

わたしは、ずっと昔に泥ヒバリだった子どもたちや、テムズ川から見つかったトムや、長靴《ながぐつ》をはいた骸骨《がいこつ》や、金貨のことを話し、最後に言葉が半分だけきざまれた、わたしの超秘密《ちょうひみつ》の指輪のことを話す。

もうひとつの指輪がどこにあるかは、ぜったいにわからないということも。どんな物語も、たったひとつだけの完璧《かんぺき》な結末を持っているとはかぎらないということも。物語は、少しずつ変わっていくかもしれないということも。

それから、ユスフと何度か図書室で会って作りあげたお話を、みんなに読んで聞かせる。物語を探《さが》すのをやめたら、物語のほうがわたしを見つけてくれた。あるかもしれない、そしてないかもしれない世界にふたりで魔法《まほう》をかけ、ふたりの想像力《そうぞうりょく》が魔法の呪文《じゅもん》になり、テムズ川で見つけたものを隠《かく》した砂浜《すなはま》は想像の世界の入り口になって、これから五年生と六年生のみんなでお話を組み立て、それを曲げたり、ひっくりかえしたり、ぐるぐるまわしたりして望みどおりの物語にしていく。

五年生と六年生が自分の物語を探しにかかり、大声をあげたり、キャアといったり、ワアイといったりして大さわぎで、わたしは頭から爪先《つまさき》まで、みんなのわくわくでいっぱいになる。ハリーはコインを見つけ、マリアムはシャベルで渡《わた》し船《ぶね》のメダルを掘《ほ》りだし、リリーは自分の名前みたいな花を描《か》いた陶器《とうき》のかけらをかかげている。ベネット先生は粘土《ねんど》のパイプを見つけ、おしゃれなズボンのひざが砂でよごれたけど大喜びしていて、ザラにこれは立派《りっぱ》な紳士《しんし》が持っていたもので、そのひとは子どもがいなかったけれど、犬を六ぴきも飼《か》っていて、いつもいっしょにベッドで寝《ね》たんだよと話している。

デイジーが、川の流れですべすべになったガラスを持って、こっちに来た。表面に砂がついてくもっているけど、それでも差しのべた手のひらで緑に光っている。デイジーはにっこり笑って、**オクトーバー、このガラスのお話をしてくれる？　わたし、あなたみたいに物語を考えるのがじょうずじゃないから**といった。で、わたしはユスフみたいにすらすらと流れるように話せないで、つっかえてしまうから緊張《きんちょう》したけど、ふたりでこの宝物《たからもの》がいた世界のことを考えはじめた。

発表会が終わるころには、ケイトさんの会の名簿《めいぼ》が入会したい子どもたちの名前でいっぱいになった。

なんて幸せなんだろう、わたし。

教室に帰ると、午後の時間を全部使って、見つけた宝物のお話を書くことになった。そのための新しいノートをみんなもらったけど、わたしはクリスマスに贈《おく》ってもらったノートにあの指輪の物語を書く。わたしの見つけたい秘密《ひみつ》も、これから起こりそうなことも、わたしの踊《おど》るボールペンの先から生まれて、いつかはわたしのほしいものを探しあてることができるはず。

もう片方《かたほう》の指輪は、大空を自由に舞《ま》っているフクロウが持っている。

敵《てき》にも味方にも　この秘密を知られてはならぬ

スティッグ2450は　野生の世界を舞《ま》っている

これは、わたしがいままでに作った最高の物語で、森と、水と、父さんと、わたしと、ユスフと、ケイトさんと、わたしのまわりをはねまわる野生の世界の全てが、ちょっとずつ入っている。これは、わたしの物語で、わたしたちの物語で、完璧《かんぺき》ではなくて終わってもいないけど、全ての物語だ。

わたしたちの発表会は大評判《だいひょうばん》になって、校長のエヴァレット先生が、ほかの学年の子も泥《どろ》ヒバリになれるように講堂《こうどう》をそのままにしておきなさいといい、わたしとユスフにもう一度話をしてほしいとたのんでから、e《イー》メールを送るといった。eメールというのは、時間や空間を超《こ》えて送ることができる手紙のことだと、ユスフが教えてくれる。

　お父さんやお母さんあての招待状《しょうたいじょう》だって。

　eメールを見てないかもと思って、なんにもいわなかったけど、そのひとはわたしを見てにっこり笑うと、学校にいって、あなたの勉強の成果を見るのが待ちきれないというけど、わたしは自分でもわけのわからないことをもぞもぞいってから、本を読みに二階に上がった。

今度は、前よりもっとおおぜいのひとたちが講堂《こうどう》に集まった。子どもたち、親たち、兄弟や姉妹、先生たちが、ちっちゃなかたまりになったり、大きなかたまりになったり、ならんだりしている。ベネット先生に手伝ってもらって、ケイトさんがどんどん砂《すな》の袋《ふくろ》を運びこんでくれたおかげで、砂浜《すなはま》は前よりずっと広い。ふたりは、今日のユスフとわたしだけのために、きのうおそくまでかかって準備《じゅんび》してくれた。砂浜はもうステージの上ではなく、講堂の床《ゆか》いっぱいに広がっている。そうじするのにどれくらいかかるか考えたくない。きっと何年もかかるだろうな。

混雑《こんざつ》していて、さわがしくて、暑くて、ぎらぎらしてたけど、わたしはそういうものをすっかり飲みこむことができた。音も光景も匂《にお》いだって、いまではすっかり知っているからだいじょうぶ。すばらしいとはいえないけど、だいじょうぶ。

ユスフとわたしは、箱をふたつくっつけた小さなステージに立つ。また、ドキドキしてきたけど、ベネット先生があがらないおまじないを教えてくれた。**みんながパンツしかはいてない姿《すがた》を想像《そうぞう》するんだ。**そんなことしたら、かえって落ち着かなくなるよ。**それから、遠くの一点を見つめて、せいいっぱい大きな自分の声で、せいいっぱいはっきり話すんだよ。**わたしはみんなの顔は見ずに、ずっと講堂の入り口にある時計だけを見つめてたから、足がふるえてたけど箱から落ちなかった。だから、あのひとの顔も探《さが》さなかった。ユスフとわたしがちょっと話したあと、クラスの何人かが自分の作った物語を朗読《ろうどく》して、みんながはくしゅして、それからまたユスフとふたりで話をつづけ、わたしがまた指輪のことを話す。

それから、わたしのフクロウの物語を話し、スティッグが放たれて野生にかえり、自由になったことや、あらゆることの最大の秘密《ひみつ》は、それが自分にとってどういう意味かって知ることとか、なにかを愛していて、それでもいかせてやらなきゃいけないことや、結末がいつも完璧《かんぺき》とはかぎらないってことも。それから目を上げて、野の花の波のようにうなずいている、たくさんの顔を見た。そしたら

あのひとがいた。

それから

父さんが。

父さんは、まっすぐにすくっと立って、病院のパジャマは着ておらず、そこにいて、そこに

いて、そこにいて、にこっと笑っていて、まっすぐにわたしを見ていて、その顔は新しい、それでいてなつかしいなにかでかがやいていて、そういう顔は父さんが木から落ちてから見ていなくて、ふいにちっともむずかしくないなにかが自分に押《お》しよせてくるのを感じたしゅんかん、父さんとわたしは、まっすぐで、美しくて、完全な光で結ばれた。

心臓《しんぞう》が舞《ま》いあがり、いまにもこわれそうで、小鳥みたいにバタバタいってたけど、ベネット先生にいわれたように、**いちばん大きく、いちばんはっきりした声で、**わたしの物語を読みつづける。

読み終わると、箱からおりてまっすぐに砂浜《すなはま》を横切り、大きく広げた腕《うで》のなかに飛びこむ。

ああ、森のうちに帰ったみたい。

父さんは、まだ森に帰れないから、ロンドンの家でわたしたちといっしょに暮《く》らしている。森で暖《あたた》かく暮らそうと思ったら、木を切り、放りなげ、持ちあげて、穴《あな》を掘《ほ》ったり、ストーブや料理作りのために動きまわったりしなければならない。ビルさんが畑の世話をしてくれているけど、それでも仕事は山ほどある。父さんは階段《かいだん》をのぼらなくてもいいように、リビングで寝《ね》ることになった。わたしは見せたいものがいっぱいあるし、おたがいにいままでの話をしたいし、わくわくしすぎて、はちきれそうだ。父さんは、まだ眠《ねむ》そうで、身体の動きもかたくて、公園までいくと、もどってきてから四時間も眠ってしまい、前のように三月のウサギみたいにはねるには永遠《えいえん》に時間がかかりそうだけど、自分ではもうすぐ元気になるといっている。

　なんでも、ゆっくりと慣《な》らしていった。最初は、わたしが父さんに家の近くにある公園とか、庭の小屋とかを案内し、母親とかいうひとが、ふたりに金属《きんぞく》を溶《と》かして新しいものを作るやりかたを教えてくれた。だけど、思っていたよりずっとむずかしくて、ふたりともへたくそだ。わたしは金属《きんぞく》を光を放つまで熱して、銅《どう》がサクランボみたいに真っ赤になるのがすき。もうあふれているびんや引きだしに、これも入れてといって、両手いっぱいのテムズ川のガラスをあげると、そのひとは目を丸くして**ありがとう**といい、これでなにか美しいものを作ってあげると約束してくれる。

父さんにテムズ川や、泥《どろ》ヒバリの博物館《はくぶつかん》や、二階建ての赤いバスを見せてあげたかったけど、父さんは疲《つか》れすぎていて、いつも灰色《はいいろ》の顔をしている。ロンドンの街が父さんの骨《ほね》にしみこみ、肌《はだ》に広がってしまったみたいだから、早く連れだしてあげたい。ここにいたらぜったいによくならないから。父さんに必要なのは、木と、鳥が鳴きかわす声と、胸《むね》いっぱいに吸《す》いこむことのできる、どこまでもたっぷりと広がる空気だ。

ある晩《ばん》、わたしはずっと言葉にするのがこわかった思いをそっと打ちあけて、わたしをロンドンに置いていきたいのかどうかきいてみた。父さんは、ずっと外に出ることもなく、使わなかったせいですべすべになった両手でわたしの顔をつつみ、わたしの葉っぱみたいな緑の瞳《ひとみ》をまっすぐに見つめ、ここにのこりたいと思っているのかときいてきた。それから一拍《ぱく》だけなんにもいわず、その一拍には口にしていないことが百万もつまっていたので、父さんもいうのがこわかったんだとわかった。

それから、父さんは一気にいった。**こうやって生きるのはまちがっていないか、森のなかが正しい住まいなのか、わたしの暮《く》らし方《かた》が正しいのか、わたしにはさっぱりわからなかったんだよ。だが、おまえは森から出たがらず、わたしもいかせることはできなかった。でも、この街にいるほうがおまえにとって幸せなら、わたしは思うとおりにしてやりたい、オクトーバー、オクトーバー、そうしてやりたいと思ってるよ。**

父さんの声はふるえ、薄闇《うすやみ》のなかに消えていく。

わたしは、父さんの腕《うで》に飛びこみ、うちに帰りたいと告《つ》げた。

森のうちに帰ると、地面からクロッカスが顔を出していた。うちに帰る前に、六年生のみんなとベネット先生にさよならした。みんなが小さなお別れ会を開いてくれた。ベネット先生がプレゼントしてくれた、お砂糖《さとう》をこねたもので作ったちっちゃな木が一本立っているケーキは、大切に取っておかなきゃ。ユスフとハリーが**食べちゃえ、食べちゃえ**とはやしたてたけど、ほんとに完璧《かんぺき》な木だったから宝箱《たからばこ》にしまおうと思って箱ごとポケットに入れ、それからユーチューブの歌にあわせて、みんなといっしょにめちゃくちゃに踊《おど》りまくった。ユーチューブを使うと、世界じゅうのあらゆるものを撮影《さつえい》した、あらゆるビデオを見ることができる。

　放課後、公園でユスフにさよならといったけど、本当にさよならではなくて、これからは父さんが日曜ごとに必ず泥《どろ》ヒバリの会に連れていってくれる。夏休みなんかで会がお休みになるときもユスフとわたしと新しく会員になったおおぜいの子たちは、代わりに公園で宝探《たからさが》しをすることになっているけど、それでもわたしは泣かないようにほっぺたの内側をかんでいた。ユスフはマースバーをプレゼントしてくれ、わたしは物語をあげた。それは、街のジャングルに生きる野生の少年の話で、その子はロンドンの地下にある曲がりくねった地下道に、まったく新しい世界を見つける。

赤いドアがついた、サンドイッチの家の一軒《けん》に帰ったけど、そこはもうわたしの家じゃないから変な感じだ。廊下《ろうか》を歩いても、だれの声もしないので、それも変な感じ。

二階に上がって、わたしがいた真っ白な部屋に入ったら、なにもかも変わっている。

もうまわりの壁《かべ》は真っ白じゃない。すっかり森になっている。

母親とかいうひとが、わたしの部屋を森に変えてくれた。

壁からは、なめらかな黒い幹《みき》とライム色の葉っぱがつきだし、すみっこに枝《えだ》がはいまわり、リスの輪郭《りんかく》が幹に溶《と》けこみ、一羽の小鳥がこずえをぬけて、星空に舞《ま》いあがろうとしている。

古ぼけた空っぽの本棚《ほんだな》はなくなって、代わりにペンキでぬった木の枝に、どういうふうにしたのか色とりどりの背表紙《せびょうし》が虹色《にじいろ》の木琴《もっきん》みたいに積んである。本の木だ。わたしだけのための。

この家に帰ってきたときのためにねと、そのひとはささやいてから、羽毛のように軽やかにいった。

もし帰ってきたいなら、だけど。

野生の街にある、野生の部屋に立っているわたしは、野生の母親に両腕《りょううで》をまわし、**帰ってきたいよ、ぜったい、ぜったい、ぜったい**と告《つ》げてからいった。

ありがとう

母さん。

母さんという名前が、ふわりと舞《ま》いあがった。

いまはオクトーバー、十月、わたしの月。わたしと父さんは、もう池にジャンプしていた。今年はいつもより暖《あたた》かかったけど、それでも頭がこわれるみたいになり、わたしたちは野生にもどり、大声をあげ、さけび、水晶のような水しぶきをあげて水に飛びこんで、深い緑色のなかでバシャバシャやってから、毛布《もうふ》と紅茶《こうちゃ》とたき火で身体の芯《しん》を温めた。

いまはオクトーバー、十月。今日わたしは十二歳《さい》になり、オークの木を植える。

だけど今日、森にいるのは、わたしたちだけじゃない。

森の小道を、エンジン音をひびかせて進んでくる車。

燃《も》えるようなオレンジ色の地面を、ガサガサとふんでくる足。

森に、みんながやってくる。わたしの森に、はじめてやってくる。ユスフと家のひとたち、デイジーとお母さん、ケイトさん、ベネット先生、もう考えられないくらいたくさん。

わたしたちのちっちゃな宇宙《うちゅう》がはじめてすぱっと開き、外の世界が流れこんでくるみたいだ。わたしは木の影《かげ》に隠《かく》れたりしない。手のひらがしめって、心臓《しんぞう》がふるえてるけど。

父さんとわたしで、だいすきな木々に結びつけた色とりどりのリボンが、森の空気のなかでなびいている。とっても美しいけど、ユスフが笑いだして、赤ちゃんの誕生祝《たんじょういわ》いみたいといったり、森を変なところだと思ったり、池や、いまにもこわれそうな、わたしたちの小さな家や、木の葉の匂《にお》いや、見わたすかぎりの木を気にいらなかったりしたらどうしよう。小さなものを見ても、美しいと思わなかったら？

いままでは、わたしたちの森をだれかが美しいと思わないんじゃないかと心配したことは一度もなかったのに、全部まとめて隠したくなる。父さんは、ゆっくりゆっくり動けるようになったり、力を取りもどしたりしているところだから、なにもかもいつもよりかたづいていない。夏には、ビルさんの息子《むすこ》さんに手伝いに来てもらったし、息子さんはすっかりよくなっても来てあげますよといってくれているけど。

なにもかもすっかり取りやめにして、キルトの下に隠れていたい。

いちばんにやってきたのは、ユスフと兄さんたちで、ユスフはプレゼントを投げてよこすと、さっそく最初に目にした木に登りはじめ、すぐに落っこちる。兄さんのイビは、やれやれと目をくるりとまわしてから、ガールフレンドのヤスミンと代わりばんこにわたしをだきしめて**お誕生日《たんじょうび》おめでとう**といってくれた。そういってくれたのは、ふたりが三番めと四番め。

　ユスフは木から木へ走りまわり、わたしの隠《かく》れ家《が》を見つけると、キツネみたいにキイッと声をあげる。冬がゆがめてしまった隠れ家を、わたしと父さんとで夏じゅうかかって直し、小さなキャンプ用ストーブを入れた。ずっと昔、洞窟《どうくつ》に住んでいたひとたちみたいに、わたしは壁《かべ》に物語の絵を描《か》き、掘《ほ》りだした宝物《たからもの》をななめになった天井《てんじょう》からひもでぶらさげた。母さんが作ってくれたO《オー》の形に星がついている紺色《こんいろ》の毛布《もうふ》は衣装箱《いしょうばこ》の底から救いだして、古いヤナギ細工の椅子《いす》にかけてある。ユスフはすみからすみまで跳《と》びはねて、**どうやってこんなにしたの、すっごくかっこいいな**とか、**おれも隠れ家がほしい**とか、**うちのベランダに作れるかな**とかいってから、宝物でいっぱいの天井を見上げて、ひとつひとつ指先でやさしくふれる。わたしの胸《むね》のドキドキもおさまってきた。

　ケイトさんもボーイフレンドと来てくれ、そのひとはベネット先生、または**週末だけデイヴイッドと呼《よ》んでくれるかな**さんで、先生がだれかのボーイフレンドだなんてすっごく変だし、ユスフは**ゲーッ！**っていったけど、ときどき先生は日曜日の泥《どろ》ヒバリの会にやってくる。ワシみたいにするどい目をしているから、はじめて来たときに本物の金でできた、ちっちゃなチャームを見つけた。ユスフは**はじめてだからついてただけだ**っていったけど、それからはベネット先生のあとをついてまわっている。

デイジーはお母さんと、カブトムシみたいなぴかぴかの緑の車で小道をガタゴトやってきて、新品の長靴《ながぐつ》をはいておりてくる。大きな木に囲まれると、デイジーはすごくちっちゃくて、ゆらっと顔をかがやかせたかと思うと、いっしゅん目を見はったまま動かず、やがてちっちゃなささやきがそよ風に乗ってわたしにとどいた。

なんてきれいなの。

それから両手を広げて葉を茂《しげ》らせたこずえを見上げ、にっこり笑う。


きのう母さんがロンドンからやってきて準備《じゅんび》した宝探《たからさが》しをすることになった。わたしは村の学校に通っているから、いつもは週末だけ母さんのところにいき、ロンドンのわたしたちのうちで、細かい細工の銀のネックレスを作るのを手伝っている。ごちゃごちゃしたロンドンの街では、母さんが森を作ってくれた部屋に泊《と》まるから、まるっきりちがう世界の、本物の森に母さんをむかえるのは、おもしろくて、変てこで、すばらしい。スティッグが野生の世界で、父さんが森で暮《く》らしているように、母さんはロンドンで生き生きと暮らしている。

宝探しは母さんがひとりで準備したから、とってもむずかしくて、謎《なぞ》を解《と》いてから、また謎を解き、さらに謎を解いて、やっと宝物にたどりつく。どの謎もとってもよく考えられていて、ひっかかりやすいから、みんな、ずいぶん時間をかけて知恵《ちえ》をしぼり、やっと謎が解《と》けるとオオカミの群《む》れみたいにわれさきに飛びだして、つぎの謎を探しにいく。謎がすべて解けると、一本の木の洞《うろ》に隠《かく》してあった宝箱《たからばこ》を見つけることができた。その箱には宝石《ほうせき》のようにかがやくキャンディや、毎晩《まいばん》、父さんがストーブのそばで木を彫《ほ》って作った鳥よせの笛があふれるように入っている。わたしはフクロウを呼《よ》ぶ笛を選んで、空に向かってホーッと吹《ふ》き、いつかまたスティッグに会えますようにと願った。

宝探しのあとは、たき火で焼いたジャガイモを食べ、ユスフはいままで食べたもののなかで、いちばんおいしいという。それからゲームをしたり、歌をうたったりした。森はやっぱり父さんとわたしの野生の小さなポケットだけど、わたしたちはもう、自分たちだけ野生のままでいなくてもいいと思う。

パーティが終わり、車がうなりながら引きあげていったあと、夜にすっぽりつつまれてたき火のそばにすわり、わたしはちょっぴりだけウィスキーを飲んで、三人でお話を語りあい、母さんが魔法《まほう》のプレゼントをくれた。わたしだけに作ってくれた贈《おく》り物《もの》だ。

お誕生日《たんじょうび》おめでとう、オクトーバー、オクトーバー。

ウサギのおなかの毛みたいにすべすべした、小さな黒い箱。パチッと開けると、金の指輪がきらっと光り、はめこんである色のついたガラスが光でいっぱいの星のようにかがやく。**川の**

ガラスと、森のガラスよ。母さんがささやく。森のガラスは、何か月も前に父さんの枕《まくら》の下にしのばせておいた、わたしのいやしの石、魔法《まほう》の石だ。それに、**ムーンストーンのちっちゃく、薄《うす》く切ったのも少しね。**母さんは、たき火を映《うつ》して光っている自分の指輪を軽くたたく。骨《ほね》ばったわたしの指に、指輪はぴったりはまる。内側に彫《ほ》ってある字を指でなぞった。

スティッグ2450

ときどき、夜になるとフクロウのそっと呼《よ》ぶ声が聞こえ、ときどき、インク色の空に金色の指輪がきらっと光るのを見たような気がして、スティッグが頭の上の野生の空にいるといいなと思う。わたしたちが永遠《えいえん》に結ばれているのは、わかっているけれど。

スティッグは自由で、わたしも自由だ。それぞれによって、野生も自由もちがっていて、それは森のなかにもあり、街の通りにもうずまいている。わたしは、すべてに完璧《かんぺき》な結末があるとはかぎらないことも、完璧な居場所《いばしょ》を持っているものも持っていないものもあり、どっちにしろ、それは変わることができるのも知っている。わたしは森でも野生で、街でも野生で、両方の世界に足跡《あしあと》をつけていて、それはすばらしいことだ。わたしの生きているしるしは、そういうふたつの魔法の場所のはしっこに記されていて、どちらもすばらしくかがやいている。

わたしはだれかと生きられるし、ひとりでも生きられるし、自分を作りあげていけるし、ほかの多くのひとたちもわたしを作りあげてくれる。これから見たいもの、やりたいことは山ほどあって、ユスフとわたしは世界じゅうを旅して、どこにいっても野生を見つけることだろう。すべての場所に物語があり、わたしはそれをすべて語りたい。

そして、世界じゅうが野生で、わたしを待っている。

訳者《やくしゃ》あとがき

こだまともこ

十歳《さい》の少女、オクトーバーは、父親とふたりきりで森のなかにある小屋に住んでいます。これまで友だちはおらず、初めてできた友だちは親鳥に死なれたメンフクロウの雛《ひな》。学校には行かず、森から出るのは、年に一度村に買い物に行くときだけという、外の世界と隔絶《かくぜつ》された生活を送っていますが、オクトーバーはそんな暮《く》らしがだいすきで、森の地面から掘《ほ》りだした「宝物《たからもの》」の物語を作り、父親に話してあげるのをなによりの楽しみにしています。

ところが、十一歳の誕生日《たんじょうび》に、母親が森に訪《たず》ねてきます。四歳の自分と父親を置いて森を出ていった母親を、オクトーバーは心から憎《にく》んでおり、会いたくない一心で高い木に登って隠《かく》れようとしますが、そのせいで大変な悲劇《ひげき》が起こり、森から出なければいけなくなります。

本書は、ゆたかな森の暮らしから引きはなされた少女と両親の家族再生《さいせい》の物語であり、主人公の固《かた》く凍《こお》りついた心が少しずつ溶《と》け、やがて大きく開いていく様子を詩的な文章でつづった成長の物語でもあります。クラスメートのユスフや担任《たんにん》のベネット先生が、主人公にまっすぐに向きあっていく様子には胸《むね》を打つものがあり、オクトーバーが夢中《むちゅう》になるテムズ川岸の宝探《たからさが》し「泥《どろ》ヒバリ」の描写《びょうしゃ》も見事です。

　作者のカチャ・ベーレンは一九八二年にロンドンで生まれ、大学で英語学を学び、大学院で自閉症《じへいしょう》の子どもたちの行動に物語が与《あた》える影響《えいきょう》について研究したのちに、メインスプリング・アーツという自閉症などのひとたちの芸術《げいじゅつ》活動を支援《しえん》する団体《だんたい》を共同で立ちあげ、運営《うんえい》にたずさわってきました。二〇一九年に発表した第一作“The Space We're In”では、自閉症をもつ弟との暮らしを少年の目から描《えが》き、すぐれたデビュー作に与えられるブランフォード・ボウズ賞の最終候補《こうほ》に選ばれました。そして二作目の本書で、英国の児童文学に与えられる最も権威《けんい》ある賞、カーネギー賞を受賞し、あわせて子どもたちが選ぶシャドワーズ賞にも選ばれました。本書は、ほぼ現在形《げんざいけい》の途切《とぎ》れのない長文でオクトーバーの心の震《ふる》えをリアルに、かつ繊細《せんさい》につづっており、その震えが若《わか》い読者たちの心の琴線《きんせん》にじかに触《ふ》れたのではないでしょうか。以後も数々の作品を発表していますが、邦訳《ほうやく》された作品には、フルートを生きがいにしていたのに手を怪我《けが》してしまった少女が主人公の『ブラックバードの歌』があります。

　作者はカーネギー賞受賞式の挨拶《あいさつ》で、物語を共有することは、人生でもっとも大事なこと。なぜなら、物語＝わたしたちの人生だからと語っています。また、出版社《しゅっぱんしゃ》のホームページで自分がだいすきなことのひとつは、新しい土地やなじみのある土地を散歩することで（テムズ川の泥《どろ》ヒバリもふくめて）、まずその土地の風景からインスピレーションを得ることから物語が始まるといっています。英国の児童文学界に彗星《すいせい》のごとくあらわれた作者が、これからどんな風景から新しい物語を紡《つむ》いでくれるか、わくわくしながら待っているところです。

カチャ・ベーレン　Katya Balen
イギリスの作家。大学で英語学を学び、現在は作家として、また障がいを持つアーティストを支援するメインスプリング・アーツのディレクターとしても活躍中。2020年、The Space We're Inで、すぐれた児童書のデビュー作にあたえられるブランフォード・ボウズ賞候補に。二作目の『わたしの名前はオクトーバー』（本作）で2022年のカーネギー賞を受賞。

こだまともこ　Tomoko Kodama
出版社勤務を経て、児童文学の創作・翻訳にたずさわる。創作に『3じのおちゃにきてください』（福音館書店）、翻訳に『テディが宝石を見つけるまで』（あすなろ書房）、『月は、ぼくの友だち』『スモーキー山脈からの手紙』『天才ジョニーの秘密』『きみのいた森で』『トラからぬすんだ物語』（いずれも評論社）などがある。

わたしの名前はオクトーバー
2024年1月20日　初版発行

♣ 著　者　カチャ・ベーレン
♣ 訳　者　こだまともこ
♣ 発行者　竹下晴信
♣ 発行所　株式会社評論社
〒162-0815　東京都新宿区筑土八幡町2-21
電話　営業03-3260-9409
編集03-3260-9403
♣ 印刷所　中央精版印刷株式会社
♣ 製本所　中央精版印刷株式会社

ISBN978-4-566-02480-9　NDC933　p.260　188㎜×128mm　https://www.hyoronsha.co.jp

テェ・ケラー作／こだまともこ訳

トラからぬすんだ物語

ハルモニ（おばあちゃん）の町にやってきたリリー。大きなトラが道路にねそべっていてビックリするが、トラが見えるのはリリーだけらしい。トラは、ハルモニが昔ぬすんだものをとりかえしにきたと言う。何とかハルモニを守りたいリリーが考えたことは……？

ベン・デイヴィス作／渋谷弘子訳

ぼくたちのスープ運動
――小さな思いやりが世界を変える！――

新しい町で新しい生活を始めたジョーダン。実は小児ガンでずっと入院していた。心配性の母親が毎日持たせてくれるスープを、ある日ホームレスの男性にあげたことから、思いもよらない「スープ運動」が広がっていく。実話から生まれた物語。